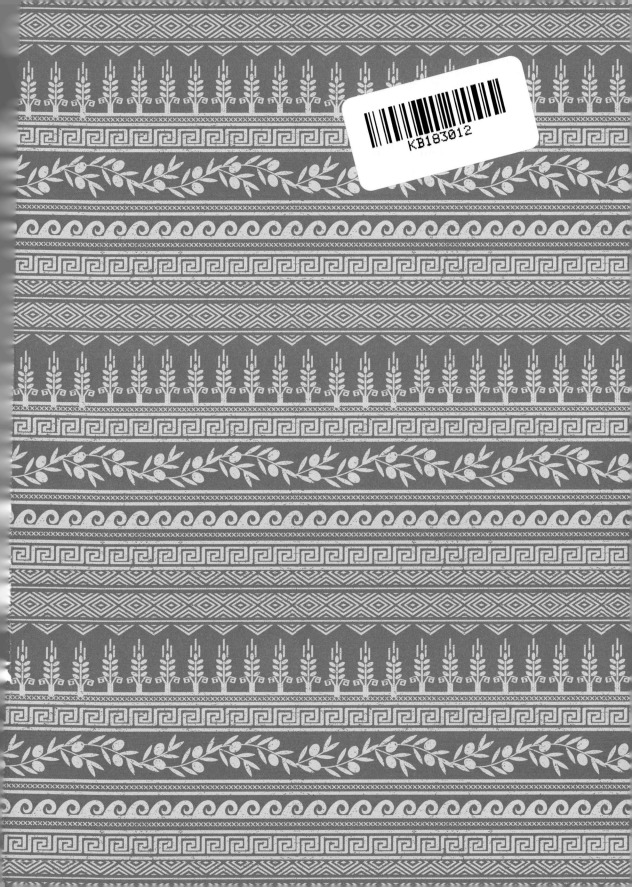

주석으로 쉽게 읽는
고정욱 그리스 로마 신화 9

주석으로 쉽게 읽는

고정욱
그리스
로마 신화

9

오디세우스의 귀환

고정욱 지음

애플북스

Greek and Roman Mythology

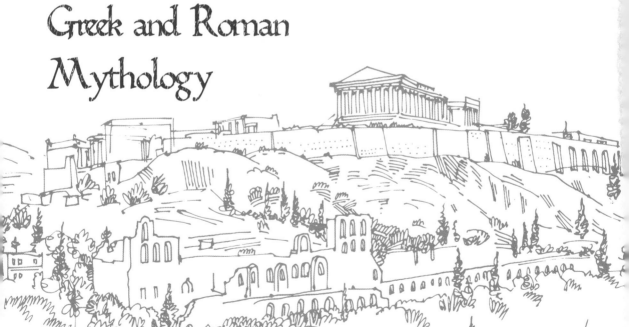

차례

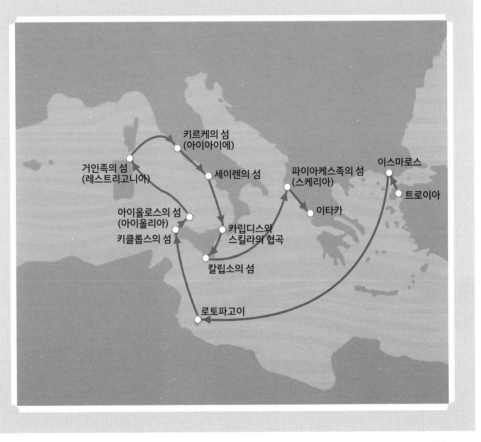

→ 오디세우스의 귀환 경로 ←

키르케의 섬
(아이아이에)

세이렌의 섬

거인족의 섬
(레스트리고니아)

파이아케스족의 섬
(스케리아)

이스마로스

트로이아

아이올로스의 섬
(아이올리아)

카립디스와
스킬라의 협곡

이타카

키클롭스의 섬

칼립소의 섬

로토파고이

* 독자의 이해를 돕기 위해 저자가 추정하여 표기한 경로입니다.

1

고향으로 향하는 해적들

전쟁이 끝났다. 이제 할 일은 고향으로 돌아가는 것이었다. 10여 년에 걸친 전쟁은 9년 이상을 소강상태로 보내다 마지막 결전을 벌인 끝에 마무리되었다. 그리스 연합군이 승리하기는 했지만 영웅들은 너무 오랜 기간 가족들과 떨어져 있었고, 그만큼 나이도 먹었다. 긴 세월을 보내고 얻은 승리의 보상이 충분한가에 대한 의문을 가진 채 영웅들은 제각기 귀환길에 올랐다.

수많은 함대들과 작별을 고한 후 오디세우스는 열두 척의 배를 이끌고 고향으로 향했다. 집으로 가는 길은 멀고도 험했다. 과연 몇 척의 배가, 몇 명이 살아 돌아갈 수 있을지는 아무도 알 수 없었다. 고국으로 돌아가는 항해는 새로운 형식의 전쟁이라고 해도 과언이 아니었다.

선단들이 저마다 그리스 곳곳에 흩어진 고향을 향해 먼 바다로 사라지고 난 뒤 때맞춰 동남풍이 불었다.

"적당한 바람이다. 다음 육지를 향해 열심히 배를 저어라!"

오디세우스의 명에 따라 배들은 순항을 거듭했다.

배를 만드는 기술이 발달하지 않고 항해술도 뛰어나지 않았던 당시는 지중해 연안에서 목적지로 가려면 노를 젓는 것은 극히 일부이고 대부분 바람의 힘에 의존해야 했다. 바람이 이끄는 대로 나아가다 육지가 나타나면 잠시 정박해 물과 먹을 것을 조달하고, 다시 기운을 보충해 다음 목적지로 나아갔다.

때마침 불어온 동남풍은 오디세우스의 함대를 뜻밖에도 트라키아 해안으로 이끌었다.

"이곳이 어디냐?"

지나가는 사람들에게 물어보니 그곳은 바로 이스마로스 부근이었다. 이스마로스는 바닷가의 산기슭에 자리한 도시였다.

"이스마로스라면 전쟁에서 트로이아 편을 들었던 나라가 아니냐?"

"맞습니다. 이곳은 적의 땅이나 마찬가지입니다."

"그렇다면 차라리 잘되었다. 이곳을 공격해 우리의 물자 보급 기지로 삼자."

적의 땅에서 승리자는 약탈자로 변하는 법이었다.

오디세우스의 부하들은 상륙하자마자 이스마로스 성을 공격했다. 아무런 방비가 없던 이스마로스 성은 이제 막 실전을 끝내고 온 거칠고

사나운 병사들을 막아낼 수 없었다. 성은 순식
간에 함락되었고 마을은 약탈의 대상이 되었
다. 탐욕에 눈이 먼 오디세우스의 부하들은 닥
치는 대로 금은보화를 훔치고 사람들을 죽였
다. 그리고 가축들을 자기네 배로 끌고 갔다.

하지만 단 한 곳, 월계수 숲이 우거진 마론★
의 집은 건드리지 않았다. 그는 아폴론 신을
모시는 사제였기 때문이다.

"거룩한 숲 근처에는 얼씬도 하지 마라. 아
폴론 신을 모시는 사제를 잘못 건드렸다가는
어떤 화를 입을지 모른다."

오디세우스는 마론과 그 가족들을 보호해
주기로 진작부터 마음먹고 있었다.

이 소식을 듣고 그날 밤 마론은 감사를 표
하기 위해 은밀히 오디세우스를 찾아왔다.

"대왕님께 인사드립니다."

"그대는 누구시오?"

"아폴론 신을 모시고 있는 사제입니다."

"아, 당신이 바로 마론이구려."

오디세우스도 예를 갖추어 인사했다. 마론
의 숨결에는 향긋한 술 내음이 가득했다.

"우리 가족을 지켜주셔서 감사합니다. 돌아

여기서
잠깐!!

에우안테스의 아들이며 포도주의
신 디오니소스의 손자야. 그러니 당
연히 포도주 만드는 데 능했지. 아마
오늘날로 치면 양조장 주인쯤 되지
않았을까 싶어. 신전에 술을 바쳐야
하니까 그런 능력이 필요했던 거지.
디오니소스가 인도에 포도 재배와
포도주 제조 방법을 알려주려고 원
정을 떠날 때 함께 갔다고도 해. 그
리스 시대의 대표적인 술꾼으로 평
소에는 늘 비틀거리는 노인이 술에
취하면 활기를 되찾는데. 보통 사람
들과 정반대일 정도로 술을 좋아하
는 거지.

가시는 길에 조금이라도 보탬을 드리고자 이렇게 찾아왔습니다."

마론이 이끄는 곳으로 나가보니 노새 수십 마리가 어마어마한 답례품을 등에 지고 있었다. 포도주가 가득 들어 있는 진흙 항아리와 각종 그릇들, 그리고 금덩어리였다. 전쟁을 나간다는 것은, 이처럼 남의 귀한 물건을 돈도 지불하지 않고 강제로 빼앗거나 선물로 받을 수 있다는 의미이기도 했다. 누구나 선물을 받으면 기분이 좋은 법이다. 오디세우스는 부하들에게도 좋은 선물이 되리라 믿고 가져온 포도주의 맛부터 보았다.

"이 포도주는 농축한 것입니다. 물과 포도주를 정확히 12:1의 비율로 섞으면 딱 마시기 좋습니다."★

"엄청 독한 술이구려. 이걸 맘껏 마시다간 세상 돌아가는 것도 모르겠소."

그때만 해도 그 술이 나중에 오디세우스를 살리게 되리라고는 꿈에도 생각하지 못했다.

섬에서 약탈한 물건들을 모두 배에 싣자 배의 흘수선이 바다의 수면에 닿을 정도였다.

그런데 부하들은 섬을 떠날 생각을 하지 않았다.

"대왕님, 이렇게 풍요로운 곳을 두고 지금 바로 떠나기는 너무 아쉽습니다."

"맞습니다. 배의 창고에 식량과 동물들은 가득 채웠으니 여기서 먹고 마시며 좀 더 쉬다 가시지요."

그것도 틀린 말은 아니었다. 굳이 빨리 떠나야 할 이유는 없었다. 그들은 밤새도록 해변에서 축제를 벌였다. 술을 마시고 고기를 뜯으며 여인들을 농락했다.

하지만 그것이 큰 실수였다. 항상 방심하고 있을 때 적들은 빈틈을 노리는 법이다.

이스마로스 사람들은 오디세우스 일행의 만행을 그냥 두고 보지 않았다.

"저자들을 얌전히 떠나게 놔둘 수는 없지 않은가?"

"그럼, 그럴 수 없지. 이웃 도시로 가서 구원병을 요청하세."

이스마로스 사람들은 가까운 성과 도시를 찾아다니며 자신들의 터전이 완전히 약탈당했다는 사실을 널리 알렸다.

"그리스의 도적 떼들을 이대로 돌려보낼 수는 없다."

"우리 모두 힘을 합쳐서 몰아내자."

그 말을 들은 인근 도시의 사람들은 모두 숨겨놓았던 무기와 창을 들고 모여들기 시작했다. 밤새 결집한 세력들은 수백 명에 달했다. 그들은 숲속에 숨어 오디세우스의 군사들이 독주에 취해 쓰러져 잠들 때까지 기다렸다.

이윽고 새벽녘이 되었다. 새벽은 새로운 날

여기서 잠깐!!

포도주를 배에 오래 싣고 다니면 상하거나 식초가 되어버려. 계속 발효가 일어나기 때문이야. 그래서 더 진하게 증류하고 발효균을 다 죽이는 거야. 증류주로 만들면 오래 보존해도 상하지 않지. 코냑이나 브랜디가 바로 포도주를 증류해서 만든 거야. 아마 이런 독한 술을 준 것 같아. 12배 농축이라면 거의 순수 알코올일 거야. 포도주의 알코올 도수가 대략 5~6도이니, 12배라고 하면 60~72도인 셈이지.

의 시작이기도 하지만 밤의 끝이기도 했다. 이스마로스 측 사람들은 잠든 오디세우스의 병사들을 향해 일제히 돌격했다.

"저 도적놈들을 모두 죽여라!"

그들은 삽시간에 숨어 있던 숲에서 튀어나와 공격을 시작했다. 오디세우스의 병사들은 밤새 먹고 마시느라 취해서 몸조차 가누지 못하는 상태였다.

"적들의 기습이다! 모두 정신 차리고 무장하라."

술 취한 병사들은 휘청거리며 가까스로 일어났다. 하지만 힘겹게 맞서 싸우기보다 배로 도망치기에 급급했다. 술에 덜 취했거나 더 가까이 있었던 사람들이 먼저 배에 올랐다. 섬에 남겨진 수십 명은 모두 죽거나 부상당했다. 잠시 방심한 대가는 너무나 참혹했다. 무수한 전사자들을 남기고 오디세우스 일행은 황급히 배의 돛을 올렸다.

이윽고 세찬 바람이 불어닥치더니 배들은 삽시간에 큰 바다로 떠밀려 나갔다. 끊임없이 태풍이 불어오고 비바람이 몰아쳤다. 그것은 마치 이스마로스를 약탈한 것에 대한 징벌과도 같았다.

아흐레 밤 동안 오디세우스의 함대는 폭풍우에 시달렸다. 열흘째 되는 날 비로소 그들은 아름다운 초록 섬을 발견했다.

"대왕님! 육지가 나타났습니다."

"저 섬에 어떠한 괴물이 살더라도 일단 배를 대고 좀 쉬어야겠다."

폭풍우에 시달리느라 녹초가 된 병사들은 아름다운 섬에 정박했다. 로토파고이라는 섬이었다. 언제 그랬냐는 듯 폭풍우는 가라앉았고 다시금 맑은 하늘에서 보석같이 영롱한 햇살이 내리쬐었다.

"일단 먹을 물부터 찾아라!"

배에 가장 필요한 것이 물이었다. 오디세우스의 명령에 따라 병사들은 수풀을 헤치고 들어가 맑은 물이 흐르는 샘물을 찾아냈다. 물통에 물을 가득 담아 와서 모두 신선한 물을 마시고 어느 정도 정신을 차리자 오디세우스는 명령을 내렸다.

"이 섬에 누가 사는지 살펴보아라!"

척후병들이 무장하고 길을 떠났다. 섬사람들과 좋은 관계를 맺을 수만 있다면 먹을 것을 조달하는 것은 물론이고, 항해에 필요한 물품들을 배에 실을 수 있을 것이다.

그러나 그날 밤이 지나도 정찰대는 돌아오지 않았다. 한 번 둘러보는데 그리 오래 걸리지 않을 만큼 작은 섬이었다. 이상하게 여긴 오디세우스는 부하 둘을 불렀다.

"너희가 가서 척후병들이 어찌 되었는지 찾아보아라."

마침내 병사들은 숲을 지나고 언덕을 넘어 마을에 도착했다. 마을은 평화로웠고, 사람들은 반갑게 맞아주었다.

"당신들은 이방인이시군요."

온순하고 친절한 사람들은 숲을 헤치고 온 병사들에게 먹을 것을 내주었다.

"이것 좀 드시지요. 피로가 풀리고 마음이 편안해질 것입니다."

동글동글하고 예쁜 열매였다. 병사들은 처음 보는 열매를 조심스레 입에 넣어보았다. 달콤한 과육이 으깨지며 과즙이 목구멍으로 넘어가자, 정말 온몸의 피로가 풀리고 노곤하게 잠이 왔다. 열매를 먹은 병사들은 그 자리에서 널브러졌다. 세상의 모든 고뇌와 고통이 사라지는 듯했다. 그들은 시원한 나무 그늘 아래 누워 비몽사몽으로 헤맸다. 고된 항해로 지친 그들에게 이곳은 지상낙원이나 다름없었다. 그것은 시름을 잊게 해주는 로토스 열매*였다.

한편 오디세우스는 정찰을 떠난 병사들이 돌아오기만을 기다리고 있었다.

"척후병들도 소식이 없고, 그들을 찾아 나선 병사들도 왜 돌아오지 않는 것이냐?"

결국 오디세우스가 직접 나설 수밖에 없었다.

"내가 직접 찾아봐야겠다."

오디세우스는 병사 둘을 데리고 길을 나섰다. 얼마 뒤 그들은 길가에 널브러져 있는 병사들을 발견했다. 오디세우스는 잠들어 있는 그들을 깨웠다.

"정신 차려라! 어서 일어나거라!"

이름을 부르고 흔들어도 그들은 깨어날 생각을 하지 않았다.

"고향에 너희 아내가 기다리고 있지 않으냐! 너희 자식들도 기다린다. 어서 돌아가자꾸나."

하지만 병사들은 꿈쩍도 하지 않았다. 오디세우스는 할 수 없이 우격다짐을 할 수밖에 없었다.

"일어나라, 이놈들아! 이 해파리 같은 놈들!"

오디세우스는 창 자루로 병사들을 두들겨 깨워 겨우 일으켜 세웠다. 하지만 그들은 배로 돌아갈 마음이 전혀 없었다. 낙지처럼 흐느적거리는 그들을 겨우 부축해서 진땀을 흘리며 배로 돌아왔다.

"이놈들이 어디 가지 못하도록 정신을 차릴 때까지 묶어두어라."

부하들은 반항하거나 발버둥치지도 않고 고분고분했다.

"이 섬에 계속 있다가는 아무것도 안 되겠다. 너희는 배에서 내리지 말거라!"

마을로 들어가지 않고 바닷가에만 머물면서 힘을 비축한 뒤 오디세우스는 다시 닻을 올리라고 명령했다. 아무리 아름다운 바다가 있고 편안한 삶을 누릴 수 있다 해도 욕망과 의욕 없이 사는 것은 위험한 일이었다. 뭔가 하려는 의지가 없으면 더 이상 인간이라고 할 수 없다.

마침내 오디세우스의 선단은 다시 큰 바다로 나섰다. 상상도 못 할 일들이 기다리고 있다는 생각은 전혀 하지 못한 채.

여기서 잠깐!!

오늘날의 식물과 정확히 일치한다고는 볼 수 없어. 고대 문헌을 통해 일부 학자들은 북아프리카와 지중해 지역에서 자라는 '로터스 나무'의 열매라고 추정해. 이는 주목 또는 대추야자로 알려진 열매와 비슷한 식물일 가능성이 커. 이 열매는 실제로 먹으면 달콤하고 은은하게 취하는 기분을 준대. 무기력함과 평온함을 느끼게 한다고도 전해져. 또 다른 의견으로는, 환각 효과가 있는 양귀비나 맨드레이크 같은 식물일 가능성도 있다고 해.

2

외눈박이 거인

일주일이 지나도록 항해는 계속되었다. 먹을 물과 양식이 거의 다 떨어졌을 때쯤 오디세우스가 명령을 내렸다.

"가까운 섬이 보이면 정박하라."★

오디세우스의 말이 끝나자마자 망을 보던 부하가 외쳤다.

"저기 섬이 하나 보입니다!"

작고 아름다운 섬이었다. 구불구불한 해안선을 따라 돌다 보니 험한 바위섬이 나타났고, 안쪽 깊숙이 큰 본섬으로 해안선이 이어져 있었다.

"이 섬에서 쉬어 가자."

오디세우스의 배들은 일단 험한 바위섬에 정박하고 휴식을 취했다.

주변을 살펴보았지만 사람의 발자국은 보이지 않았다.

"사람이 살지 않는 섬인 것 같습니다. 대신 양 떼와 염소들은 많이 보입니다."

"이 섬에서 일단 술과 고기로 배를 채우자. 마론 사제가 준 포도주도 꺼내라."

그들은 파도가 잔잔한 바닷가에서 화톳불을 피워놓고 고기를 구워 먹었다. 바람 한 점 없는 평화로운 밤이었다. 그들은 마음껏 먹고 편안하게 잠을 잤다. 그날 밤 오디세우스는 바위섬 정상에 올라 바다 건너 아득하게 자리 잡은 본섬을 살펴보았다. 불빛도 보이고 염소 울음소리도 들리는 것을 보니 본섬에는 사람이 살고 있는 것이 분명했다.

다음 날 아침이 되었다. 오디세우스는 로토스 열매의 끔찍한 기억을 떠올리며 이 섬에는 또 어떤 위험이 도사리고 있을지 두려웠다. 그래서 이번에는 부하들 대신 자신이 먼저 정찰하기로 했다.

"저기 본섬에 내가 직접 가봐야겠다."

나머지 병사와 선원들은 바위섬에서 기다리기로 했다.

여기서 잠깐!!

지도만 봐도 지중해에는 섬이 참 많다는 것을 알 수 있어. 대략 3000~5000개의 섬이 있다고 해. 그 가운데 유명한 섬은 크레타, 로도스, 코르푸, 키프로스, 시켈리아, 사르데냐, 마요르카 등이야. 섬들마다 종족이 다르고 독특한 문화를 가지고 있기 때문에 수많은 신화들이 생겨난 것이지.

"만일을 대비해 술 항아리 하나를 가지고 가서 저들에게 베풀고 도움을 청해야겠다."

오디세우스는 열두 명의 부하들을 선발해 배를 타고 바다를 건너 본 섬인 시켈리아에 닻을 내렸다. 병사들이 깎아지른 절벽을 신속하게 기어올라 가자 동굴 입구가 보였다.

"대왕님, 여기에 동굴이 있습니다!"

오디세우스가 다가가 보니 사람이 살았던 흔적이 있었다. 돌덩이를 쌓아서 담장을 만들고 가축우리처럼 꾸며놓았던 것이다. 월계수 나뭇가지들이 동굴 입구를 막고 있었다. 우리에는 새끼 양과 새끼 염소들도 가득 있었다.

"새끼들만 있습니다."

"다른 양과 염소들은 풀을 뜯으러 간 모양이구나. 그렇다면 양치기가 어디 있을 텐데."

하지만 양치기의 흔적은 보이지 않았다.

"일단 동굴로 들어가보자."

호기심은 모든 재앙의 근원이다. 오디세우스와 열두 명의 부하들은 동굴 안으로 살그머니 들어갔다. 동굴 안은 그야말로 탄성을 자아낼 만했다. 바구니에는 치즈가 가득 들어 있고 물통에는 산양 젖이 넘칠 정도로 가득 채워져 있었다. 치즈를 직접 만드는 것이 분명했다. 하지만 사람은 보이지 않았다.

"대왕님, 아무도 없는 틈을 타서 여기 있는 치즈와 새끼 양들을 모두 끌고 가는 게 좋겠습니다."

"아니다. 동굴의 주인이 어떤 자인지 한번 보고 떠나자. 일단 이걸로 요기부터 하자."

그들은 치즈를 마음껏 먹고 나서 동굴의 후미진 곳에 숨어 양치기가 나타나기를 기다렸다.

이윽고 하늘이 붉게 물들어 갈 무렵 동물들이 요란하게 우는 소리가 들렸다. 양과 염소 떼가 달려오는 소리에 천지가 울릴 정도였다. 양과 염소들이 우리로 들어가자 뒤따라 양치기가 동굴로 들어왔다.

숨어 있던 오디세우스와 병사들은 긴장감에 가슴이 콩닥콩닥 뛰었다. 그런데 양치기를 보는 순간 그들은 너무 놀라 기절할 뻔했다. 동굴 입구를 완전히 막으면서 나타난 자는 어마어마한 거인이었다. 사람의 키보다 몇 배는 더 큰 거인이 동굴 안으로 어기적어기적 들어왔다. 게다가 이마 한가운데 눈이 하나 박혀 있었다. 밤이면 동물의 눈에서 보이는 파란빛이 빛나고 있었다. 외눈박이 거인이었다.

오디세우스와 병사들은 놀란 목소리로 조용히 속삭였다.

"대왕님, 저놈은 키클롭스입니다."

"그렇다. 바다의 신 포세이돈의 아들이다."

포세이돈의 아들인 외눈박이 거인들은 사람이 살지 않는 섬에서 양을 치며 산다고 했다. 소문은 익히 들어 알고 있었지만 직접 마주칠 줄은 꿈에도 몰랐다.

"키클롭스의 땅에는 밀이나 포도가 지천으로 자란다고 했습니다. 땅이 비옥한 곳에서만 산다고요."

"그래서 저자들이 풍요롭게 사는 거로구나."

지금이라도 도망쳐야 한다는 것을 알고 있었지만 키클롭스*가 동굴 입구를 막고 있었다. 키클롭스는 산더미같이 해 온 나뭇단을 동굴 바닥에 내려놓았다. 그리고 숫양과 숫염소만 동굴 밖에 두고 나머지 암컷과 새끼들은 모두 안으로 들인 다음 바위를 굴려 동굴 입구를 막아버렸다. 밤새 잠을 자는 동안 자신의 생산성 높은 가축들을 지키려는 것이었다.

오디세우스와 병사들은 그야말로 독 안에 든 쥐나 마찬가지였다.

"바위로 입구를 막아놓았으니 우리는 꼼짝없이 갇혔습니다."

"우리 힘으로는 저 바위를 치울 수가 없습니다."

말 스물두 마리가 끌어도 움직이지 않을 집채만 한 바위였다. 키클롭스는 덩치에 어울리지 않게 암양과 암염소의 젖을 능숙하게 짜고, 새끼들에게도 젖을 먹였다. 얼마나 숙달되었는지 순식간에 이 모든 일을 해치우고 치즈를 만들기 위해 큰 통에 젖을 채웠다.

그리스 병사들은 덜덜 떨며 거인을 지켜보았다. 어둠이 그들을 지켜주었는데, 곧 그마저도 소용없었다. 키클롭스가 모닥불을 크게 피우자 동굴 안이 환하게 밝아진 것이다. 키클롭스는 마침내 한쪽 구석에 모여 있는 그리스 병사들을 발견했다.

"네놈들은 누구냐? 내가 동굴을 비운 사이 쥐새끼처럼 들어왔구나."

대장인 오디세우스가 나설 수밖에 없었다.

"죄송하오. 우리는 그리스에서 온 사람들이오. 더 자세히 말하자면, 아가멤논 장군의 군사들로 트로이아를 함락한 뒤 고향으로 돌아가는 길이었소."

"그런데 여기는 왜 들어온 것이냐?"

"바람이 우리를 이 섬으로 이끌었소. 제우스 신의 이름으로 부탁하오. 나그네를 한 지붕 아래 맞아주는 것이 주인의 도리 아니겠소? 부디 배고픈 자들을 반겨주고 갈 길을 가게 도와주시오."

오디세우스는 키클롭스가 얼마나 잔인한지 이미 소문을 들어 알고 있었다. 그래서 달콤한 말로 회유해 도망칠 궁리를 했다. 그러나 제우스 신을 들먹인 것이 오히려 역효과를 낳았다.

"하하하! 제우스라고 하면 내가 겁먹을 줄 알았느냐? 우리 키클롭스들은 제우스 따위는 물론이고 우리 아버지 포세이돈을 제외한 다른 신들은 신경 쓰지 않는다. 나 폴리페모스를 비롯한 우리 모두는 그분만 섬기면 된다. 그분의 보호만 받으면 먹고사는 데 아무 지장이 없다. 다른 신 따위는 내 알 바 아니다."

폴리페모스는 오디세우스의 간청을 무시하고 바로 손을 뻗어서 한 손으로 병사 둘을 잡고 들어 올렸다.

"으아아아!"

폴리페모스는 일말의 망설임도 없이 그들을 땅바닥에 패대기쳤다. 순식간에 두 병사의

여기서 잠깐!!

키클롭스는 '둥근 눈을 가진'이라는 뜻이지. 《그리스 로마 신화》에는 여러 종류의 키클롭스들이 있는데 성격은 조금씩 달라. 대표적인 것이 헤파이스토스를 도와 대장장이 노릇을 하는 키클롭스와 여기에 나오는 키클롭스지. 게다가 초기 신화 시대인 우라노스 시절에도 키클롭스 삼형제가 있었어. 여기에 등장하는 키클롭스들은 후대에 나타난 외눈박이 거인으로 못생기고 흉측한 데다 사람을 잡아먹는 괴물이야. 외눈박이라는 건 좁은 시야로 혼자 살기에 거칠고 야만적이라는 뜻으로 사람들 가운데 고립된 자들을 상징하지. 매력적인 캐릭터이다 보니 후대에도 새로운 캐릭터로 계속 변신하는 거야.

머리가 깨지고 내장이 터져 나왔다. 나머지 열 명의 병사들은 공포에 질려 온몸이 얼어붙었다. 폴리페모스는 개구리를 잡듯이 병사 둘의 사지를 찢어 게걸스럽게 먹어치웠다.

"꺼억!"

폴리페모스는 실컷 배를 채운 듯이 트림을 하고 양젖을 한 통 들이켰다. 그러고는 졸음이 오는지 하품을 하더니 양 떼 사이에 벌러덩 드러누워 곯아떨어졌다.

눈앞에서 부하 둘이 거인에게 잡아먹히는 것을 보고 오디세우스와 병사들은 치를 떨었다.

"내 저 괴물을 당장!"

오디세우스는 폴리페모스를 죽이려고 칼을 뽑았다. 기회만 잘 잡으면 날카로운 칼로 갈비뼈 사이의 심장을 단번에 찌를 수 있었다. 그러나 부하들이 그를 말렸다.

"대왕님, 우리가 저자를 죽이면 여기서 어떻게 나갑니까?"

"그렇구나. 미처 그 생각을 못 했구나."

말 스물두 마리가 끌어도 열 수 없는 바윗돌로 막아놓은 이 동굴을 빠져나간다는 것은 불가능했다. 오디세우스는 칼을 다시 집어넣고 동굴 한쪽 구석으로 부하들을 불러 모았다.

"지금은 기회가 아니다. 방법이 있을 것이다. 어쨌든 동굴이 열려 있을 때 나가야 한다."

"하지만 우리를 가둬놓기 위해 동굴을 막아놓고 나갈 것입니다."

절망적이었다. 하지만 오디세우스는 포기를 모르는 사내였다.

"일단 날이 밝을 때까지 기다려보자."

다음 날이 되었다. 폴리페모스는 일어나자마자 마치 텃밭에 있는 고추를 두 개 따듯이 오디세우스의 부하 둘을 아침 식사로 먹어치웠다. 이윽고 동굴을 막은 바윗돌을 치우더니 양과 염소들을 바깥으로 내몰고 새끼들은 입구에 있는 우리에 가두었다. 양과 염소들을 풀밭으로 데리고 가서 방목하려는 것이었다. 그러고는 오디세우스의 병사들을 보며 말했다.

"너희는 기다려라. 저녁밥으로 먹어줄 테니. 하하하!"

폴리페모스는 밖으로 나가더니 바윗돌을 굴려 동굴 입구를 다시 막아버렸다. 오디세우스 일행들이 뒤늦게 달려가 보았지만 동굴 입구는 손가락 하나 들어갈 틈도 없이 완전히 막혀버렸다. 폴리페모스가 동굴 입구에 딱 맞게 바위를 쪼개서 만든 것이 분명했다. 양과 염소 떼들의 울음소리가 멀어지자 병사들은 모두 실의에 빠졌다.

"어떡하면 좋습니까?"

동굴 안에는 치즈와 양젖이 가득했지만 입에 들어가지 않았다. 하지만 오디세우스는 지도자였다. 끝없이 머리를 짜내던 그는 드디어 한 가지 계책이 떠올랐다. 동굴을 둘러보니 폴리페모스가 양 떼를 모는 데쓰는 지팡이가 있었다. 그것을 깜빡 잊고 간 것이었다.

"저걸 사용하자."

올리브 나무를 깎아서 뾰족하게 만든 커다란 지팡이였다. 폴리페모스에게는 지팡이지만, 오디세우스 일행에게는 아름드리 통나무나 마찬가지였다. 모두 힘을 모아서 돛대 같기도 하고 커다란 기둥 같기도 한

나무를 눕혔다. 그리고 몇 시간에 걸쳐 칼로 쪼아서 사람의 키만 한 길이로 잘랐다. 그런 다음 앞부분을 뾰족하게 깎았다. 한마디로 성을 공격할 때 쓰는 것과 같은 커다란 나무창이었다.

"모닥불을 피워라!"

모닥불을 한껏 피워 집채만큼 타오를 때 나무의 뾰족한 끝부분을 집어넣었다. 그러자 나무는 이내 불에 타서 연했던 부분이 딱딱해졌다. 오디세우스는 소금을 물에 타서 딱딱한 부분에 뿌리고 식히기를 몇 차례 반복했다. 소금이 스며들면서 뾰족한 부분은 돌덩이처럼 더 날카롭고 딱딱해졌다.

"됐다. 이것을 숨겨라!"

그들은 덤불 속에 나무를 숨겨놓았다.

"포도주를 가져와라!"

오디세우스는 마론이 준 포도주를 원액 그대로 폴리페모스의 그릇에 가득 채우고 뚜껑을 덮어두었다. 물을 열두 배 부어야 마실 수 있는 독한 포도주였다.

해 질 무렵이 되자 땅이 울리면서 폴리페모스가 돌아왔다.

폴리페모스는 동굴 밖에 오디세우스의 일행이 더 있을 거라고 생각하고 바깥 우리에 있던 숫양과 숫염소들까지 모두 동굴 안에 집어넣었다. 자신의 가축을 훔쳐 가면 안 될 일이었다.

동굴 안이 양과 염소들로 바글바글했지만 개의치 않았다. 폴리페모스는 병사 둘을 다시 패대기쳐서 뼈째 씹어 먹었다. 오디세우스는 여섯 명의 병사들을 잃었고 이제 남은 것은 여섯 명이었다. 배불리 먹고 하

품을 하는 폴리페모스 앞에 오디세우스는 공손하게 나섰다. 그의 태도
는 마치 시종이나 노예 같았다.

"거인님! 사람을 잡아먹으니 좀 느끼하지 않으십니까?"

"그렇지. 고기를 먹었더니 조금 느끼하긴 하다."

"양젖을 드시지 마시고, 이 포도주를 드셔보시면 어떠실까 해서 준
비해놓았습니다."

그릇에 담아놓은 포도주는 그사이 숙성되어 알코올 도수가 더 높아
졌다. 아무런 의심도 없이 포도주를 받아 단숨에 들이켠 폴리페모스는
환한 표정을 지었다.

"크으, 이렇게 맛있는 포도주는 먹어본 적이 없구나. 한 잔 더 줄 수
있느냐?"

"물론입니다."

오디세우스는 포도주를 한 잔 더 따라주었다. 결국 폴리페모스는 포
도주를 다 마셔버리고 기분이 좋아져서 말했다.

"너의 이름은 무엇이냐? 내가 너를 불러서 친절하게 대해주려면 이
름을 알아야 할 것이 아니겠느냐?"

그때 지혜로운 오디세우스는 기지를 발휘했다.

"제 이름은 우티스입니다."

"하하하! 우티스? 알았다. 그렇다면 내가 너에게 선물을 주마."

오디세우스는 자신들을 풀어주는 것이 아닌가 싶어 두 손을 모으고
공손하게 기다렸다.

"네 동료들을 모두 먹고 난 다음에 넌 맨 마지막에 먹어주마. 어떠냐,

내 선물이? 하하하!"

폴리페모스는 웃으며 모닥불 가까이에 누웠다. 술기운이 돌아 금세 잠이 들었다. 코를 드르렁드르렁 골 때마다 동굴 전체가 흔들릴 정도로 시끄러웠다.

"이때다."

오디세우스의 명령에 부하들은 깎아서 숨겨놓은 거인의 지팡이를 아직 타고 있는 모닥불에 다시 집어넣었다. 이윽고 거인의 지팡이 끝이 빨갛게 달아올라 이글이글 타는 숯이 되었다. 소금물에 절여서인지 재가 되어 으스러지지는 않았다. 나무에 배어든 소금이 딱딱한 결정이 되면서 나무는 더욱더 단단해졌다. 부하 여섯 명은 시뻘겋게 달아오른 거인의 지팡이를 들어 올렸다.

"자, 저 거인의 외눈을 찔러라!"

죽느냐 사느냐의 문제였다. 여섯 명의 병사들은 불에 달궈진 지팡이를 잠든 폴리페모스의 눈에 있는 힘껏 박아 넣었다.

"끼야오!"

발버둥치는 폴리페모스가 지팡이를 빼지 못하도록 그들은 한껏 비틀었다. 불에 달군 쇠를 찬물에 담글 때처럼 치지직 소리가 났다. 폴리페모스는 몸부림을 쳤고 눈에서는 피가 펑펑 솟았다. 그가 있는 힘을 다해 눈에 박힌 지팡이를 뽑았을 때 오디세우스 일행들은 모두 멀찍이 떨어져서 땅바닥에 엎드렸다. 폴리페모스는 앞이 보이지 않으니 그들을 잡을 수가 없었다. 허공에 대고 손을 휘두르던 폴리페모스는 다른 거인들을 부르려고 소리를 질렀다.

"도와줘! 도와줘! 살려줘!"

다른 키클롭스들이 그가 외치는 소리를 듣고 잠에서 깨어나 몰려왔다. 바위가 동굴을 막고 있으니 소리만 들릴 뿐이었다. 거인들은 동굴 밖에서 소리쳤다.

"무슨 일이야? 누가 너를 해치기라도 하는 거야?"

"폴리페모스! 왜 그러는지 빨리 말해봐!"

폴리페모스는 피를 토하듯이 외쳤다.

"우티스! 우티스! 우티스가 나를 죽이려고 한다!"

우티스는 '아무도 아니야'라는 뜻이다. '아무도 아니'라고 하니 키클롭스들은 아무도 해치지 않는다는 뜻으로 알아들었다.

"그럼 별일 없다는 거야?"

"잠꼬대를 한 모양이네."

다른 키클롭스들은 아무 일 없다고 생각하며 각자 집으로 돌아갔다. 아무리 외쳐도 소용없자 지칠 대로 지친 폴리페모스는 비틀거리며 동굴 입구로 가서 바윗돌을 밀었다. 시원한 바람을 쐬면서 열기를 식히고 싶었던 것이다.

하지만 오디세우스 일행들이 도망가지 못하도록 쭈그리고 앉아 팔을 벌렸다. 눈은 보이지 않지만 사람들이 밑으로 지나가면 얼른 잡아서 물어뜯을 생각이었다. 동굴이 열렸고, 틈새가 생겼다. 하지만 그 틈새를 뚫고 나가려면 목숨을 걸어야 했다.

"대왕님! 어떡하면 좋습니까? 거인이 막고 있습니다."

"걱정하지 마라. 우리에게는 저것들이 있지 않으냐!"

오디세우스가 가리키는 곳에는 커다란 숫양들이 있었다. 거인이 기르는 양답게 크기가 소만 했다.

"가장 큰 놈들로 골라라!"

오디세우스는 거인의 침대에서 그물처럼 만들어 깔아둔 실버들을 끊어서 양의 배에 동여맸다. 그리고 병사들은 그 실버들을 붙잡고 양의 배에 매달렸다.

"자, 모두 양들을 내보내자!"

엉덩이를 두들기자 새벽이 온 줄 알고 양과 염소들은 바깥으로 몰려나갔다. 폴리페모스는 갑자기 동굴 밖으로 나가는 양과 염소들을 하나하나 더듬어 만져보았다. 사람인지 동물인지 알아내기 위해서였다. 가장 큰 우두머리 양이 지나갈 때 그 밑에 오디세우스가 매달려 있는 것도 모른 채 폴리페모스는 말했다.

"이 녀석아, 너는 대장인 녀석이 왜 맨 마지막에 나오느냐? 네 주인이 우티스라는 놈 때문에 앞을 못 보게 되었다. 너의 멋진 모습을 볼 수가 없구나. 나를 불쌍하게 여겨서 이렇게 늦게 나오는 게나?"

양과 염소들을 내보내며 폴리페모스는 눈물을 흘렸다. 그사이 오디세우스의 부하들은 밖으로 빠져나왔다. 우리를 지나 풀밭에 이르자, 부하들은 모두 칼로 실버들을 끊고 양의 배에서 내려왔다. 그런데 오디세우스의 부하 하나가 보이지 않았다.

"아카이메니데스는 어디 있느냐?"

급하게 나오느라 부하 하나가 낙오된 것을 미처 알지 못했다. 하지만 그를 데려오기 위해 거인의 동굴로 다시 돌아가는 것은 너무 위험한 일이었다.

"대왕님, 아카이메니데스의 운명★은 신들에게 맡기고 이 양과 염소들을 모두 끌고 갑시다."

"그래, 우리도 뭔가 얻는 것이 있어야지."

오디세우스도 고개를 끄덕였다.

그들은 양과 염소들을 몰고 배가 있는 곳으로 향했다.

폴리페모스는 양과 염소들의 울음소리가 엉뚱한 방향에서 나는 것을 듣고 이상하게 여겼다. 소리 나는 곳으로 달려가 손을 흔들어 막아보려 했지만 앞이 보이지 않으니 어쩔 수 없었다.

배에 남아 있던 부하들은 커다란 양과 염소들을 몰고 오디세우스 일행이 돌아오자 모두 기뻐했다. 하지만 여섯 명이나 되는 병사들이 거인에게 잡아먹히고 한 명은 낙오되었다는 것을 알고 모두 슬퍼했다.

동료들을 잃은 슬픔에 병사들이 흐느끼자 오디세우스는 말했다.

"지금 슬퍼할 시간이 없다. 빨리 배에 양과 염소들을 모두 실어라. 다른 배들이 기다리고

여기서 낙오한 아카이메니데스는 섬에서 오랫동안 폴리페모스와 다른 키클롭스들을 피해 다니며 살았어. 그러다 트로이아군의 영웅인 아이네이아스 일행의 배를 발견하고 간절하게 구조를 요청했지. 아이네이아스는 그가 자신들을 패망시킨 그리스인이라는 것을 알고도 배에 태워서 구조해주지. 어떤 절망이 다가와도 희망을 놓지 말라는 이야기야.

있는 건너편 섬으로 가자. 어서 닻을 올려라.”

　오디세우스 일행은 노를 저어 바다로 나갔다. 그때 폴리페모스는 절벽 위에서 절규하고 있었다. 양과 염소들이 멀리 사라지는 것을 소리로 알았기 때문이다.

　“으아아! 내 눈! 내 염소! 내 양!”

　폴리페모스는 모든 것을 잃었다. 그러나 아끼는 부하들을 잃은 오디세우스는 거인에게 분풀이를 더 하고 싶었다.

　“매에에에에!”

　오디세우스는 거인을 향해 양과 염소 울음소리를 내며 조롱했다. 다

른 병사들도 덩달아 양과 염소 울음소리를 냈다. 앞을 못 보는 거인은 더 이상 위협적인 존재가 아니었다. 그러나 그것은 잘못된 행동이었다.

"이 인간들이 감히 나를 놀리다니!"

화가 머리끝까지 치솟은 폴리페모스는 바위를 들어 소리 나는 곳을 향해 던지기 시작했다. 커다란 폭탄처럼 바위들이 날아와 바다에 떨어지자 집채만 한 파도가 일었다. 배 앞으로 바윗돌이 떨어지자 파도가 일면서 배가 다시 해안가로 밀려났다.

오디세우스는 다급하게 외쳤다.

"죽을힘을 다해 노를 저어라!"

거인에게서 벗어나려면 큰 바다로 나가야 했다. 마침내 사정거리에서 벗어난 오디세우스는 동굴에서 부하들을 잃고 두려움에 떨었던 원한을 풀 길이 없어 크게 외쳤다.

"폴리페모스!"

거인은 바윗돌을 들어 올린 채 두리번거렸다.

"누, 누가 나를 부르느냐!"

"누가 너를 그렇게 만들었냐고 묻거든 오디세우스라고 말하라! 라에르테스의 아들이며 이타카의 왕인 오디세우스를 잊지 말아라! 나는 무수한 도시의 약탈자 오디세우스다!"

폴리페모스는 분노와 고통을 참지 못해 그 자리에서 포세이돈에게 기도를 올렸다.

"아버지, 포세이돈이시여! 들으소서. 제가 정말 당신의 아들이라면 저의 기도를 들어주십시오. 저를 이렇게 만든 약탈자 오디세우스가 고향으로 돌아가고자 합니다. 신의 뜻이라면 허락하시되, 그자에게 무수한 고통을 주시옵소서! 그와 함께하는 자들을 모두 죽게 하시고, 그자 혼자 고향에 이르게 하시옵소서! 그리고 모진 고난이 그자를 기다리게 하시옵소서!"

기도를 마치자 알아들었다는 듯 천둥소리가 울렸다. 폴리페모스는 가장 큰 바위를 들어 죽을힘을 다해 소리 나는 곳으로 던졌다. 무섭게 날아간 커다란 바위가 바다에 빠지자 폭탄 터지는 소리가 났다.

하지만 오디세우스의 배는 이미 바위가 떨어진 곳보다 더 멀리 나아가 있었다. 바위가 떨어지면서 일어난 파도에 배는 화살처럼 미끄러져 다른 배들이 기다리는 바깥 바위섬으로 나아갔다.

3

바람을 담은 가죽 부대

아이올리아는 바람의 신 아이올로스가 살고 있는 섬이다. 깎아지른 바위와 거센 파도가 이 섬의 주인이 누구인지를 말해주는 듯하다. 이 섬을 중심으로 동서남북에서 바람이 불어온다. 그러다 바람의 신이 모든 바람을 멈추면 아이올리아를 둘러싼 바다는 호수처럼 잔잔하고 맑고 깨끗하다.

큰 바다로 나온 오디세우스 일행이 도착한 곳이 바로 아이올리아섬이다. 높은 바위산 뒤에는 청동으로 꾸며놓은 궁전이 있는데, 아이올로스는 그곳에서 행복하게 살고 있었다. 모든 바람을 지배하는 그는 아들 여섯 형제와 아름다운 딸 여섯 자매를 거느리고 있었다. 그들은 근친혼을 하는 이집트의 풍습에 따라 결혼하여 여섯 쌍의 부부가 되었다. 아이올로스는 오디세우스 일행이 도착했다는 소식을 듣고 직접 해변으로 나갔다.

"어서 오게, 오디세우스. 그대는 트로이아 전쟁의 영웅 아닌가?"

"저희를 따뜻하게 맞아주셔서 감사합니다."

"이곳에서 지친 영혼을 쉬게 하고, 맛있는 음식을 먹으며 기운을 회복하게."

오디세우스의 명성을 알고 있는 바람의 신은 떠나고 싶을 때까지 마음껏 머무르게 해주었다. 오디세우스 일행은 무려 한 달 가까이 편안하게 머물면서 체력을 비축했다.

물론 이 세상에 공짜는 없는 법이다. 시간이 날 때마다 오디세우스는 아이올로스에게 트로이아 성을 포위했을 때와 그동안 겪은 이야기들을 들려주었다. 나그네가 전해주는 이야기들은 흥미진진한 모험담이자 세상이 어떻게 돌아가는지를 알 수 있는 새로운 정보였다. 섬 생활이 익숙해질 무렵 오디세우스는 다시 항해를 떠나기로 했다.

"바람의 신이시여, 저희는 이제 그만 고향으로 돌아갈까 합니다."

"오, 섭섭한 마음 금할 길이 없네. 그대들이 언제까지나 이곳에 머무르기를 원하지만 고향 또한 그대들을 기다릴 것이니, 아쉬운 마음을 뒤로하고 보내줘야겠구나."

"그동안 신세를 진 것도 감사하지만 조금 더 베풀어 항해에 필요한 것들과 먹을 것들을 주시면 그 은혜를 잊지 않겠습니다."

오디세우스는 당당하게 부탁했다.

"걱정 말게."

아이올로스는 먹을 것과 마실 것을 최대한 모아서 배에 가득 채워주었다. 그리고 부하가 커다란 소 한 마리를 통째로 벗겨서 만든 통가죽 부대를 가지고 왔다. 잘라낸 네 다리는 모두 꽁꽁 묶어 봉했고, 목을 베어낸 입구도 은으로 꼰 줄로 칭칭 감아 풍선처럼 빵빵했다.

"이것을 받게. 그대에게 주는 특별한 선물이네."

"이것이 무엇입니까?"

"그대가 무사히 고향으로 돌아가려면 서풍만 빼고 다른 바람들은 다 방해가 될 것이네."

"그렇습니다."

이집트 부근에서 동쪽으로 가려고 하는 오디세우스에게 서풍은 순풍인 셈이었다.

"그래서 내가 그대를 위해 세상의 모든 바람을 이 속에 가두었네."

아이올로스는 오디세우스에게 한 가지 당부했다.

"고향의 항구에 도착하기 전까지는 절대 그 가죽 부대를 열어서는 안 되네."

"알겠습니다. 그럼 고향에 도착해서는 가죽 부대의 바람을 내보내도 되는 것입니까?"

"그때는 마음대로 해도 괜찮네."

오디세우스 일행은 세상의 모든 바람을 넣은 가죽 부대를 배에 실었다. 은줄로 주둥이를 단단히 묶어 바람 한 점 빠져나오지 않았다. 이 바람을 풀어놓으면 고향에 갈 수 없다. 오디세우스는 자신이 탄 배의 가장 깊숙한 밑바닥에 바람 자루를 놓고 그 위에 잡동사니를 얹어 사람들 눈에 띄지 않게 숨겨놓았다.

오디세우스 일행이 탄 배는 아흐레 낮밤을 쉬지 않고 항해했다. 서풍이 계속 불어왔기 때문이다. 오디세우스는 이제 곧 고향에 도착하리라는 기대에 가슴이 부풀었다. 돛도 그의 가슴처럼 한껏 부풀었다. 그야말로 키만 잡고 있으면 배가 알아서 목적지로 가는 형국이었다.

"대왕님, 피곤하실 텐데 좀 쉬시지요."

"아니다. 나는 고향에 갈 때까지 이 키를 놓지 않을 것이다. 나는 괜찮으니 너희는 푹 쉬어라."

오디세우스가 계속 키를 잡은 채 한시도 쉬지 않고 항해한 끝에 열흘째 되는 날 드디어 저 멀리 고향 이타카의 모습이 보였다.

"이타카가 보입니다! 드디어 돌아왔습니다."

지칠 대로 지쳐 있던 부하들은 이타카를 보자 모두 기뻐서 날뛰었다. 오디세우스도 고향 산천을 눈앞에 두고 가슴이 설렜다. 10년 만에 돌아온 고향이다. 그곳에는 사랑하는 아들과 아내, 그리고 친구와 백성들이 자신을 기다리고 있을 것이다.

"아, 갑자기 피로가 몰려오는구나."

오디세우스는 갑자기 긴장이 풀렸는지 그 자리에서 꾸벅꾸벅 졸았다. 부하들이 양가죽을 덮어주자 옆으로 쓰러져 깊은 잠에 빠졌다. 배는 순조롭게 이타카를 향해 미끄러지듯 나아갔다.

오디세우스가 잠들어 있는 동안 황소 통가죽 부대 속에 무엇이 들어 있을까 내내 궁금해하던 부하들은 쑥덕거리기 시작했다.

"저 안에 뭐가 들어 있을까?"

"아이올로스 신이 준 선물이니까 대단한 게 들어 있지 않겠어?"

"지난번에 내가 가까이 다가갔더니 대왕님께서 크게 야단치셨어."

"그러니까 더 궁금한걸?"

"그러게 말이야."

"좋은 건 우리한테도 좀 나눠줘야 하는 거 아냐?"

노략질을 일삼던 그들이라 어떤 것이든 욕심이 났다.

"금과 은이 가득 들어 있을지도 몰라."

"그렇다면 우리도 나눠 가질 권리가 있지 않겠어?"

"맞아. 우리도 대왕님과 함께 항해하며 똑같이 고생했으니까."

하지만 또 다른 지혜로운 부하들도 있었다.

"대왕님께서는 혼자 챙기실 분이 아니야. 참고 기다려보자."

"물론 그렇긴 하지. 하지만 고향에 다 왔지 않나?"

"그래. 구경이나 좀 해보자고. 구경만 하겠다는데, 뭐 어때?"

이런 말을 주고받는 동안에도 배는 돛에 바람을 머금고 이타카를 향해 달려가고 있었다.

"와! 고향 사람들이 보여!"

해변가에 피운 모닥불과 배를 타고 나가려는 사람들의 모습까지 보였다. 이제 고향에 도착한 것이나 마찬가지였다.

"대왕님께서 잠들었을 때 한번 구경하자고."

"그래, 그러자."

부하들은 배 하단의 깊숙한 곳에 숨겨놓은 가죽 부대를 꺼냈다. 안에서 무언가가 꿈틀거리며 바깥으로 나오고 싶어 하는 것 같았다.

"살아 있는 건가 봐."

"그래? 희귀한 동물인가?"

그들은 가죽 부대를 꺼내 입구를 감아놓은 은줄을 풀었다. 그 순간 자루가 열리더니 세상의 모든 바람이 미친 듯이 쏟아져 나오기 시작했다. 마치 풍선에 바람을 잔뜩 불어넣었다 주둥이를 잡고 있던 손을 놓아버린 것과 마찬가지였다. 북풍, 동풍, 하늬바람, 돌개바람…… 온갖 바람들은 그동안 답답했다는 듯 하늘과 바다를 뒤섞어버릴 것처럼 온 천지에 불어댔다.

회오리가 몰아치자 바다에서 물기둥이 치솟아 올랐다. 배들은 회오리에 빨려 들어가 하늘로 떠올랐다가 바다로 내동댕이쳐졌다. 회오리 바람이 만든 깊은 소용돌이 속으로 한없이 빨려 들어가기도 했다. 열두 척의 배들은 고향을 코앞에 두고 풍비박산이 나기 직전이었다.

"사람 살려!"

"으아악!"

"대왕님, 어서 일어나보십시오."

요란한 바람 소리와 사람들의 비명 소리에 오디세우스는 깊은 잠에서 깨어났다.

"무슨 일이냐?"

"대왕님께서 숨겨놓으신 부대를 열었더니 갑자기 폭풍이 휘몰아치고 있습니다!"

"아, 이를 어쩌면 좋으냐! 서풍을 제외하고 세상의 모든 바람을 넣어

둔 것이다."

앞이 보이지 않을 정도로 비바람이 몰아치는 것을 보고 오디세우스는 크게 절망했다.

"아! 고향을 코앞에 두고 이런 일이 생기다니, 차라리 바다에 뛰어들어 죽고 싶은 심정이구나."

낙엽처럼 흩날리는 뱃전에 서서 바다로 뛰어내리려는 순간 부하들이 붙잡았다.

"대왕님께서 죽으면 우리는 어찌 살겠습니까? 어리석은 저희를 구해 주소서!"

눈물로 하소연하는 그들을 오디세우스는 차마 버릴 수 없었다. 10년 넘게 동고동락하며 전쟁에서 살아남은 그들이 아니던가. 오디세우스는 죽을 결심으로 살겠다고 마음을 바꿨다.

"일단 배에 들어찬 물부터 퍼내라. 그리고 바람이 잠잠해질 때까지 기다리자!"

그들은 배가 난파되지 않도록 갖은 애를 썼다. 갑판이 부서지면 보수해가면서 어떻게든 가라앉지 않게 했다. 지옥 같은 물보라와 바람 속에 배들은 하염없이 큰 바다로 밀려 나갔다.

잠시 후 바람이 잠잠해지자 눈앞에 섬 하나가 나타났다.

"섬이다!"

하지만 그토록 바라던 고향의 섬이 아니었다. 바로 떠나왔던 아이올리아섬으로 다시 돌아간 것이다. 그동안의 행운을 모두 갈아 마신 셈이었다. 바닷가에 도착하자 오디세우스는 지친 몸을 모래밭에 뉘었다.

아이올로스는 그들이 돌아오는 것을 보고 바닷가에 나와 있었다.

"바람의 신이시여! 저희를 다시 돌봐주소서! 실수로 부대를 열어 표류하다가 여기로 다시 돌아오고 말았습니다. 열두 척의 배가 모두 흩어졌습니다."

오디세우스가 간절히 애원했지만 아이올로스는 버럭 소리를 지르며 말했다.

"그대들의 어리석음은 눈 뜨고 볼 수가 없구나! 그깟 사소한 욕심 하나를 누르지 못해서 이렇게 되었단 말인가! 내가 고향으로 돌아갈 수 있도록 해주었는데도 다시 되돌아온 것을 보니, 신들이 너희를 달가워하지 않는 것 같구나. 신들의 노여움을 산 자들을 우리 섬에서 돌봐줄 수 없다. 물론 친절도 기대하지 마라."

오디세우스는 태도가 돌변한 아이올로스를 보고 어찌해야 할지를 몰랐다.

"신이시여! 하지만……."

"당장 여기를 떠나거라! 다시는 나의 섬에 배를 정박할 생각 따위 하지 말거라!"

아이올로스는 냉혹하게 그들을 쫓아버렸다. 망토를 한 번 휘두르자 강한 바람이 불더니 오디세우스의 배는 저만치 먼 바다로 떠밀려 나갔다. 그러나 바람은 그걸로 끝이었다. 부대 자루의 바람들이 다 소진되었는지 바다에는 바람 한 점 없었다.

쏟아지는 뜨거운 태양 아래 입술은 갈라지고 살갗은 익는 것만 같았다. 모두 굶주림과 햇빛에 타 죽을 지경이었다.

"노를 저어라!"

바람이 부는 먼 바다로 나아가는 수밖에 없었다. 가뜩이나 굶주린 선원들은 마지막 힘을 짜내 노를 저었다. 바람이 도와주지 않는 한 이 넓은 바다에서 기착할 섬을 찾기는 거의 불가능했다. 낮이고 밤이고 그들은 교대로 계속 노를 저었다. 먹을 것이라고는 바닷물에 젖은 빵과 말린 양고기 조각뿐이었다. 그나마도 얼마 남지 않아 아껴 먹어야 했다. 시간이 흐를수록 부하들은 모두 피골이 상접하도록 바짝 말랐다. 다행인 것은 흩어졌던 배들이 하나둘씩 다시 만난 것이었다.

일주일이 지나서야 저 멀리 섬 하나가 보였다.

"섬이다!"

그 섬에 괴물이 살지언정 정박해서 쉴 수밖에 없었다. 부하들은 젓먹던 힘까지 짜내서 노를 저었다. 섬 가까이 다가가자 커다란 절벽 틈으로 쑥 들어간 항구가 보였다.

"저 절벽이 파도를 막아줄 것이다. 저 항구로 들어가라!"

부하들은 배를 절벽 사이로 몰고 들어갔다. 항구는 평화로워 보였다. 오디세우스는 안전한 곳에 닻을 내리라고 명령했다. 그리고 자신의 배는 조금 떨어진 바다에 닻을 내렸다.

명령을 어기고 가죽 부대를 열었던 부하들이 또 어떤 말썽을 저지를지 알 수 없어서 항구 바깥에 정박하고 나머지 배들을 지휘하려는 것이었다. 같은 실수를 두 번 다시 하지 않으려는 생각이었다.

그곳에서 하룻밤을 지낸 뒤 오디세우스는 먼동이 틀 무렵 항구에 들어가 있던 병사 셋을 불러 명령을 내렸다.

"너희가 뭍에 올라가서 이 섬이 어떤 곳인지 염탐하고 오너라!"

"알겠습니다. 어떤 사람들이 사는지 살펴보고 오겠습니다."

병사 셋은 가볍게 무장하고 육지에 올랐다. 한참을 숲을 헤치고 걸어가니 마을이 보였다.

"사람들이 사는 섬이다."

마을 입구에 있는 샘물가에서 덩치가 커다란 처녀가 물을 긷고 있었다. 병사들은 처녀가 놀라지 않도록 조심스럽게 다가가서 말을 걸었다.

"여보시오! 놀라지 말고 우리 얘기를 들어주시오!"

처녀는 두려워하지 않고 말했다.

"그렇게 숨지 않아도 됩니다. 여기는 안전한 곳입니다."

병사들은 안심하고 처녀 앞으로 나와 질문을 쏟아냈다.

"이곳은 어떤 섬이오?"

"이 섬의 왕은 누굽니까? 그 왕을 만나고 싶습니다."

"아! 우리 아버지를 찾아오셨군요. 아버지가 계신 곳으로 안내해드릴 테니 저를 따라오세요."

공교롭게도 처음 만난 사람이 이 섬의 공주였다. 병사들은 공주를 졸졸 따라갔다. 마을 한가운데 이르자 커다란 궁전이 자리 잡고 있었다.

공주는 궁전으로 들어가면서 소리쳤다.

"아버지! 이방인들이 왔어요."

그러나 병사들이 인사를 할 틈도 없이 왕은 세 사람을 보자마자 하나를 잡더니 그대로 들어서 땅바닥에 패대기쳤다. 그들은 또 다른 거인족이었다. 남은 두 병사는 그 자리에서 얼어붙고 말았다. 머리가 깨져서 죽은 병사의 시체를 들고 거인이 말했다.

"네놈들은 다 내 저녁 거리다!"

두 병사는 칼을 휘두르며 겨우 궁을 빠져나왔다.

"큰일이다! 빨리 도망쳐야 해. 이곳은 거인족의 나라였어!"

섬나라의 괴물 왕은 명령을 내렸다.

"외적이 쳐들어왔다! 무찔러라!"

두 병사는 배가 있는 항구 쪽으로 죽어라 달렸다. 괴물 왕의 부하들이 그들을 쫓아왔다. 모두 다 거인에 가까운 커다란 덩치를 가지고 있었다. 절벽에서 뛰어내린 두 병사는 항구 어귀에 있는 배로 헤엄쳐 갔다. 거인들은 절벽 위에서 좁은 항구 어귀에 있는 배들을 향해 돌과 바위를 굴려댔다. 비처럼 쏟아져 내려오는 바위에 배들이 부서져나갔다.

죽을힘을 다해 헤엄쳐 오는 부하들을 보고서야 오디세우스는 깨달았다. 항구 안에서 엄청난 일이 벌어지고 있었던 것이다. 날아오는 돌덩이에 병사들이 죽어가고 있었다. 멀리 정박해 있던 오디세우스는 배의 닻줄을 자르며 명령을 내렸다.

"빨리 도망쳐라! 노를 저어라! 노를 저어라! 살고 싶으면 노를 저어야 한다!"

머리 위로 돌멩이가 비 오듯 떨어지는 가운데 병사들도 죽기 살기로 노를 저었다. 그러나 이미 많은 희생을 치른 뒤였다.

가까스로 죽음의 항구에서 빠져나온 오디세우스의 병사들은 살아남은 것을 기뻐할 겨를도 없었다. 황망하게 죽은 동료들이 생각났기 때문이다.

오디세우스

트로이아 전쟁이 끝나고 고향으로
돌아가는 길에 온갖 모험을 겪어.
그는 많은 어려움과 유혹을 겪으면
서도 결국은 집으로 돌아가는 방법
을 찾아내지. 지혜롭고 계획적인
사람으로 항상 침착하게 문제를 해
결했어. 어려운 상황에서도 포기
하지 않고 끝까지 노력하는 것의
중요성을 가르쳐주는 화신이야.

"오! 신이시여! 어찌하여 저희에게 이토록 가혹한 시련을 주시는 것입니까?"

오디세우스는 문득 깨달았다.

'아, 이것은 포세이돈 신이 우리에게 내리는 징벌이다. 그의 아들인 외눈박이 거인 폴리페모스의 눈을 멀게 했기 때문이야.'

항구 안에 들어가 있던 배들은 모두 거인족의 제물이 되고 말았다. 남은 배는 오디세우스가 타고 있던 한 척뿐이었다. 이처럼 몰락은 순식간에 다가오는 것이었다.

4

돼지가 된 사람들

　황폐할 대로 황폐해진 오디세우스 일행은 있는 힘을 다해 항해를 계속했다. 간간이 바람도 불어와 어딘지 알 수 없는 곳을 향해 흘러갔다. 마침내 배는 평화롭고 큰 섬에 이르렀다. 파도가 잔잔하게 밀려드는 조용한 해안가가 나타나자 오디세우스는 그곳에 닻을 내리라고 명령했다.

　"자, 모두 해변에 내려가서 쉬도록 하자!"

　그들은 바닷가 모래밭의 나무 그늘에 들어가 지친 몸을 뉘었다. 그들이 할 수 있는 일이라고는 계속 쉬는 것뿐이었다. 목숨을 건 모험 끝에 탈진하고 허기진 나머지 다른 일을 해볼 생각조차 할 수 없었다.

　사흘쯤 지나 기운을 어느 정도 회복하자 오디세우스는 섬에 누가 사는지 궁금했다.

"섬을 한번 둘러보고 올 테니 너희는 여기서 기다려라."

그는 무장을 하고 혼자 산을 올라갔다. 빽빽한 숲을 뚫고 산꼭대기에 올라가 보니 섬 전체가 숲으로 덮여 있었다. 논과 밭이라든가 경작지는 전혀 보이지 않았다. 무인도일 수도 있었다. 하지만 이렇게 큰 섬에 사람이 살지 않는다는 것은 이해할 수 없었다. 사방을 둘러보며 낙담하고 있을 때, 섬 한가운데서 붉은 연기 한 줄기가 실오라기처럼 피어오르는 것이 보였다. 그곳에 사람이 있다는 뜻이었다.

"저기까지 한번 가볼까?"

하지만 오디세우스는 미지의 섬이 얼마나 위험한 곳인지 익히 알고 있었다. 낯선 섬에서 무턱대고 친절을 기대했다 얼마나 큰 희생과 대가를 치렀는지 모른다. 그는 일단 배로 돌아가 체력을 비축한 다음 선발대를 보내는 것이 낫겠다는 생각이 들었다.

오디세우스는 왔던 길을 되짚어 다시 산을 내려갔다. 숲길을 헤치고 가던 그는 샘을 발견하고 물을 마시러 다가갔다. 그러나 무언가가 샘물을 먹고 있는 것을 보고 얼른 몸을 숨겼다. 그것은 붉은 사슴이었다. 잘생기고 살진 붉은 사슴을 보자, 오디세우스는 굶주리고 있을 부하들이 생각났다.

'저 사슴 한 마리면 우리 부하들이 모두 배불리 먹을 수 있겠다.'

오디세우스는 사슴을 잡으려고 숲에서 뛰쳐나왔다. 그러고는 깜짝 놀라 도망치는 사슴을 향해 창을 던졌다. 바람처럼 날아간 창은 그대로 사슴의 몸통에 꽂혔다. 오디세우스는 죽은 사슴의 네 다리를 묶고 머리를 다리 사이로 집어넣어 어깨에 짊어졌다. 그러고는 창을 지팡이 삼아 무거운 사슴의 무게를 견디며 언덕길을 내려왔다. 부하들은 거의 시체처럼 널브러져 자고 있었다.

오디세우스는 부하들을 향해 소리쳤다.

"내가 돌아왔다!"

그런데 평소 같으면 달려와 맞이했을 부하들은 움직일 생각도 하지 않고 퀭한 눈으로 그를 쳐다보기만 했다. 오디세우스는 그들에게 다가가 메고 온 사슴을 내동댕이쳤다.

"이걸 먹고 힘내라! 굶어 죽을 수는 없지 않으냐!"

사슴을 보자 부하들의 눈에 활기가 돌았다.

"역시 우리 대왕님이십니다."

이내 장작불을 피우고 살진 사슴 고기를 구워서 맘껏 먹었다. 배를 채우자 몸이 나른해지더니 곧 잠이 쏟아졌다. 이렇게 먹거리만 있다면 금방 기운을 회복해서 다시 고향으로 갈 수 있겠다는 생각이 들었다.

다음 날 해가 뜨자마자 오디세우스는 본격적으로 섬을 둘러볼 준비를 했다.

"어젯밤 숲속에서 연기 나는 곳을 발견했다. 먼저 정찰대를 뽑아 그곳으로 가서 동태를 살펴야 한다. 이 섬이 어떤 곳인지는 알 수 없다. 좋은 곳일 수도 있고, 끔찍한 일이 생길 수도 있다. 그러니 공평하게 제비뽑기로 정하도록 하자."

제비뽑기를 하기 전에 오디세우스는 일행을 반으로 나누었다. 인원을 세어보니 정확히 마흔네 명이었다. 절반은 오디세우스가 이끌기로 하고, 나머지 절반은 먼 친척뻘인 에우릴로코스*가 지휘하기로 했다.

"자, 그럼 우리 두 사람 중에 제비에 뽑힌 사람이 부하들을 이끌고 연기의 정체를 밝히러 가기로 하자."

투구에 제비를 넣고 뽑은 결과 에우릴로코스가 부하들을 데리고 모험을 떠나게 되었다.

"무슨 일이 생길지 모르니 경계를 늦추지 말고 조심히 다녀오너라!"

에우릴로코스는 부하들을 이끌고 숲으로 들어갔다. 남아 있는 사람들은 배를 수리하고 휴식을 취하며 다음 항해를 준비하기로 했다.

그런데 아침에 떠났던 정찰대가 한나절이 꼬박 지나도록 돌아오지 않았다. 어둑어둑한 저녁때가 되어서야 배로 다가오는 사람의 모습이 보였다.

"저기 돌아오나 봅니다!"

뱃전에서 쉬고 있던 병사들이 모두 달려갔다. 그런데 부하들은 보이지 않고 에우릴로코스 혼자였다. 더구나 그는 눈물을 흘리며 걸어오고 있었다.

"흑흑흑!"

여기서 잠깐!!

오디세우스의 동료이면서 부관이야. 게다가 그는 오디세우스 여동생의 남편, 즉 매제야. 그는 운이 그다지 좋지 않았어. 트로이아 전쟁에서는 살아남았지만 고향으로 돌아가는 길에 죽었지. 사람은 이렇게 전쟁에서 살아남아도 엉뚱한 일로 죽을 수 있는 나약한 존재야.

"어찌 된 일이냐? 어서 말해보거라!"

무서운 일을 당한 것이 분명했다. 오디세우스는 그가 마음을 진정시키기를 기다렸다. 물을 마시고 한숨을 돌린 뒤에야 에우릴로코스는 이야기를 시작했다.

"이렇게 기막힌 일은 처음 겪습니다."

그는 감정을 겨우 달래면서 이야기를 이어나갔다.

에우릴로코스가 부하들을 이끌고 숲속으로 들어가자 작은 집이 한 채 나타났다. 돌로 탄탄하게 지은 멋진 집이었다. 숨어서 주변을 살펴보던 그들은 깜짝 놀랐다. 집 주위에 늑대와 사자들이 돌아다니고 있었기 때문이다.

"대장님! 여기는 맹수들이 돌아다닙니다!"

"저곳에 누가 살길래 이런 맹수들을 풀어놨단 말이냐?"

그때였다. 등 뒤에서 늑대 한 마리가 다가와 에우릴로코스의 얼굴을 핥았다.

"으윽!"

깜짝 놀라 칼을 뽑으려는 순간 늑대는 개처럼 꼬리를 치는 것이 아닌가. 게다가 사자까지 달려와 병사들에게 살을 비비며 재롱을 떨었다. 보고도 믿지 않는 광경이었다. 부하들은 어찌해야 할지 몰라 당황한 표정으로 동물들을 쓰다듬었다.

집 안에는 베틀 앞에 앉은 여인이 보였다. 여인은 아주 부드럽고 달콤한 노래를 부르면서 베를 짜고 있었다. 병사 중의 하나가 그녀에게 말을 건넸다.

"이보시오! 말씀 좀 물읍시다!"

여인은 소리 나는 쪽으로 고개를 돌리더니 베를 짜던 손길을 멈추고 일어나 다가왔다.

"무슨 일이십니까?"

키가 크고 우아하며 아름다운 여인이었다. 그녀의 온몸에는 금은보화로 만든 장신구가 달려 있었다.

"나그네이신가 보군요. 피곤하실 텐데 우선 안으로 들어오시지요."

여자 혼자 사는 것이 분명했다. 병사들은 경계심 없이 안으로 들어갔다. 하지만 에우릴로코스는 만일을 대비해 바깥에 숨어서 망을 보고 있었다. 그동안 겪은 일을 생각하면 여기서도 어떤 무서운 일이 벌어질지 몰랐다.

여인은 시종들과 함께 병사들에게 먹을 것을 내주었다.

"여기 앉으세요. 얼마나 배고프고 힘드시겠어요."

병사들이 아무리 눈을 씻고 주변을 둘러봐도 무기나 위험한 병장기는 없었다.

"일단 포도주로 목을 축이세요."

잘 익은 포도주를 한 잔씩 나눠주자, 병사들은 단숨에 들이켰다.

"흐아! 이렇게 맛있는 포도주는 처음이야!"

일행들이 포도주를 마시고 음식을 먹으며 긴장을 푸는 듯하자 여인은 끝이 둥그렇게 휜 막대기를 가져와서 병사들의 몸에 한 번씩 대었다. 그런데 막대기로 톡톡 칠 때마다 갑자기 병사들의 몸에 뻣뻣한 털이 나고 주둥이가 튀어나오기 시작했다. 그러고는 모습이 서서히 변하더니 돼지의 형상이 되었다. 입고 있던 옷에서 알몸의 돼지가 빠져나와 꿀꿀댔다. 여인이 대접한 음식에 마법의 약초가 섞여 있었던 것이다. 네 발로 엎드려 몰려다니는 그들을 보고 여인은 말했다.

"호호호! 돼지들아, 어서 저리로 가거라!"

여인은 끝이 둥그렇게 휜 막대기로 돼지들을 바깥으로 몰아 우리에 집어넣었다.

"너희는 앞으로 여기서 살아야 한다!"

하지만 그들은 진짜 돼지가 아니었다. 그들은 자기 신세를 서러워하며 눈물을 뚝뚝 흘렸다. 꿀꿀대는 소리는 흐느껴 우는 소리였다. 숨어서 그 모든 것을 지켜보던 에우릴로코스는 입을 틀어막고 울음을 참으며 빠져나왔다.

오디세우스는 벌떡 일어나 칼을 허리에 차고 활과 창을 챙겼다.

"거기가 어디냐? 어서 앞장서라!"

그러나 에우릴로코스는 움직일 생각도 하지 않고 눈물을 흘렸다.

"대왕이시여! 저는 거기에 갈 수 없습니다. 너무나 두렵습니다. 그곳에 갔다가는 어떤 일이 벌어질지 모릅니다. 대왕께서도 돼지로 변해버릴지 모릅니다."

다른 부하들도 두려움에 떨며 일어나지 않았다.

"그렇다면 나 혼자 가겠다. 너희는 여기서 기다려라."

오디세우스는 돼지가 되어버린 부하들을 데려오기 위해 혼자 숲으로 들어갔다. 잔뜩 경계하며 숲속을 헤쳐 나가고 있는데 어디선가 잘생긴 청년 하나가 나타났다. 오디세우스는 단숨에 그를 알아보았다. 그 청년은 사람이 아니라 신이었다.

"오디세우스, 잘 들어라! 나는 신들의 전령 헤르메스다."

"신이시여! 어찌하여 저에게 이런 고통을 주십니까?"

"이곳은 마녀 키르케★의 섬 아이아이에다. 그녀는 사람들을 돼지로 만드는 술법을 부리고 있다. 혼자 부하들을 구하러 갔다가는 그대도 돼지로 변할 것이다."

"그럼 어찌하면 좋습니까? 저들을 두고 나 혼자 살겠다고 도망갈 수는 없지 않습니까?"

"내가 그대를 도와주겠다."

헤르메스는 발밑에서 풀 한 포기를 뽑아 오디세우스에게 건네주었다.

"이게 무슨 풀입니까?"

처음 보는 풀은 하얀 꽃이 피어 있고 뿌리는 새까만 약초였다.

"이 약초를 가지고 가거라. 이것을 가지고 있는 한 마법의 포도주나 음식을 먹어도 효력

여기서 잠깐!!

키르케는 《그리스 로마 신화》에 등장하는 3대 마녀 가운데 하나야. 그들은 마법의 약초를 제조하고 주술을 부리면서 단번에 형세를 뒤집어 놓는 조커의 역할을 멋지게 해내지. 마녀가 나오면 사람들은 긴장하고 이야기에 흠뻑 빠져들어. 마녀의 원조는 히카테라고 할 수 있어. 그녀의 후손이 키르케와 메데이아지. 키르케는 오디세우스를 사랑하게 되는데, 오디세우스의 모험을 더욱 드라마틱하게 만드는 효과를 십분 발휘해.

4. 돼지가 된 사람들

이 없을 것이야. 막대기로 두들겨도 너는 돼지로 변하지 않는다. 오히려 막대기로 두들길 때 칼을 뽑아 그녀를 제압하거라."

"그래도 마녀인데 제가 꺾을 수 있을까요?"

"그녀는 마법이 통하지 않는 인간을 본 적이 없다. 이번에 마법이 통하지 않는 것을 보면 몹시 당황할 것이야. 그때 용서를 빌거든 키르케를 풀어주어라. 그전에 돼지가 된 부하들을 사람으로 돌려놓고, 다시는 그런 못된 짓을 하지 않겠다는 약속을 받아야 한다."

"알겠습니다."

오디세우스는 신들이 자신을 지켜준다는 사실에 고마움을 느끼며 고개 숙여 인사했다. 눈을 들어보니 헤르메스는 이미 올림포스산으로 사라지고 빛만 남아 있었다. 오디세우스는 갑옷의 앞섶을 열어 약초를 넣고 단단히 여몄다. 까끌까끌한 풀의 감촉이 살갗을 쓸었지만 그것은 자신을 지켜주는 부적 같았다.

키르케의 집 앞에 도착한 오디세우스는 먼저 안을 살펴보았다. 듣던 대로 키르케는 베틀 앞에 앉아 베를 짜며 노래를 부르고 있었다. 집 앞에 다가가자 늑대와 사자들이 다가와 핥아댔다.

오디세우스를 발견하고 키르케가 다가오더니 말했다.

"나그네이신가 본데, 잠시 들어와서 쉬었다 가시지요."

오디세우스는 시치미를 떼고 안으로 들어갔다. 키르케는 의자를 권하고 포도주와 치즈와 보릿가루 등 먹을 것을 내왔다. 마법의 약초를 넣은 음식들이었다.

"자, 맛있는 포도주입니다. 마음껏 드시고 편하게 쉬세요."

오디세우스는 꺼림칙한 기분이 들었지만 헤르메스를 믿었다. 약초가 아직도 가슴속에서 까끌거리며 자신의 존재를 확인시켜주었다. 그는 포도주를 단숨에 들이켜고 음식도 우걱우걱 씹어 삼켰다. 이 모습을 유심히 지켜보던 키르케는 얼굴 표정이 서서히 굳어지더니 자리에서 일어났다. 그리고 막대기를 들고 와서 오디세우스의 머리를 때리며 말했다.

"너도 일어나라! 빨리 바깥 돼지우리로 가야지!"

그러나 오디세우스는 돼지로 변하지 않았다. 오히려 벌떡 일어나 식탁을 뒤집어엎은 뒤 막대기를 빼앗아 무릎에 대고 분질러버렸다. 그러고는 순식간에 칼을 뽑아 키르케에게 달려들었다.

"꺅!"

키르케는 너무 놀라 비명을 질렀다. 그녀는 도망칠 겨를도 없이 오디세우스의 발치에 무릎을 꿇었다.

"살려주소서! 당신은 누구이십니까? 내 마법이 듣지 않은 적이 없는데……. 당신은 혹시 오디세우스이십니까?"

"그렇다. 내가 바로 오디세우스다."

"아, 헤르메스 신께서 언젠가 오디세우스가 트로이아에서 고향으로 돌아가는 길에 이 섬에 들를 것이라고 했습니다. 오늘이 바로 그날이로군요."

"그래, 바로 오늘이 네가 죽는 날이다!"

"살려주세요! 용서해주세요! 저를 죽이는 것보다 서로 대화를 나누고 친구가 되는 것이 좋지 않을까요?"

오디세우스는 금방이라도 칼을 내리칠 태세로 고개를 끄덕였다.

"그거 좋은 이야기다. 그럼 먼저 내 부하들한테 했던 못된 짓을 다시는 하지 않겠다고 신의 이름으로 맹세해라!"

"맹세하겠습니다. 흑흑흑! 모든 신들의 이름을 걸고 맹세합니다."

오디세우스는 맹세를 듣고 나서야 칼을 거뒀다.

키르케가 눈물을 닦고 일어나더니 하녀들을 불렀다. 네 명의 하녀들은 봄과 나무의 여신의 딸들이었다. 그들은 엎어진 식탁을 정리한 뒤 깔개를 다시 깔고 음식을 차린 다음 포도주를 가득 따랐다. 그러고는 온통 먼지투성이인 오디세우스의 몸을 따뜻한 물로 씻겨주었다. 목욕을 마치고 나오자 하녀들이 새 옷을 입혀주었다.

진수성찬을 앞에 놓고 키르케가 권했다.

"자, 목욕을 했으니 갈증이 나실 거예요. 포도주를 한 잔 드시지요."

하지만 오디세우스는 입을 굳게 다물었다.

"아직도 저를 의심하시나요? 두려워하지 마세요. 제가 맹세하지 않았습니까?"

기회는 이때였다.

"맹세하면 무엇 하는가? 부하들이 모두 돼지가 되어버렸는데, 어떻게 나 혼자 먹고 마시라는 건가?"

키르케는 알겠다는 듯이 자리에서 일어나 돼지우리로 갔다. 돼지들을 불러 모으고 부러진 막대기로 하나씩 톡톡 건드렸다. 그 순간 돼지들은 다시 사람으로 돌아왔다. 벌거벗은 몸으로 부끄러운 곳을 가리고 있는 그들에게 하녀들이 원래 입었던 옷들을 가져다주었다. 그들은 다시 사람이 되자 서로 끌어안고 눈물을 흘렸다.

"대왕님! 우리의 목숨을 구해주셨습니다! 돼지로 살다 죽을 뻔했습니다!"

그날 그들은 해안가의 배로 돌아갔다. 돼지로 둔갑했던 병사들이 다시 사람이 되어 돌아오자 남아 있던 병사들도 모두 서로 끌어안고 기쁨을 나누었다.

그들은 우선 배를 섬으로 끌어 올린 다음 모래밭에 남은 흔적을 모두 지웠다. 그리고 무기들도 동굴에 숨겨두었다. 만일의 경우 또 다른 배가 바닷가에 정박할 때를 대비한 것이다. 당분간 이 섬에서 키르케의 대접을 받으며 원기를 회복하기로 했다.

"여기 머물면서 휴식을 취하도록 하자."

하지만 에우릴로코스는 키르케의 말을 믿지 못했다. 눈앞에서 사람이 돼지로 변하는 모습을 보았기 때문이다.

"대왕님, 이곳에 오래 머무는 것은 좋지 않습니다. 빨리 배를 끌고 먼 바다로 나가야 합니다. 마녀를 어찌 믿는단 말입니까? 한시라도 빨리 마녀의 손아귀에서 빠져나가는 것이 살길입니다!"

오디세우스는 공포에 빠져 있는 에우릴로코스를 제압하기 위해 칼을 뽑아 들고 말했다.

"에우릴로코스, 키르케는 신에게 맹세했고 나와 약속했다."

그러나 에우릴로코스는 두려움이 가시지 않았다. 자칫하면 그의 두려움과 공포가 다른 사람들에게까지 번질 것 같았다. 그는 다른 사람들이 키르케의 집에서 배불리 먹을 동안 자신은 차라리 배를 지키겠다고 했다.

"좋다, 에우릴로코스. 그대는 남아서 배를 지켜라! 우리는 키르케에게 가겠다!"

그러나 부하들이 모두 다시 숲을 향해 발걸음을 옮기자, 에우릴로코스도 따라오기 시작했다.

"배에 남겠다더니 왜 따라오는 것이냐?"

"배에 혼자 남아 있는 것이 더 무섭습니다. 죽더라도 동료들과 함께 가겠습니다!"

"하하하!"

모두 한바탕 웃고 나서 키르케의 집으로 향했다. 키르케의 집에는 이미 잔칫상이 마련되어 있었다. 그동안 고난에 빠져 있던 오디세우스와 일행들은 오랜만에 편안한 마음으로 즐길 수 있었다.

5

타르타로스를 다녀오다

키르케의 섬에서 오디세우스 일행이 할 일이라고는 먹고 자는 것뿐이었다. 그사이 피로도 회복되고 살도 찌는 가운데 세월은 흘러갔다. 바다는 항상 위험하고 긴장을 늦출 수 없는 곳이었다. 육지에서 먹고 사는 것을 걱정하지 않고 편하게 지내다 보면 한없이 늘어지는 법이었다. 게다가 그날이 그날 같고, 시간이 어떻게 흘러가는지도 모를 정도였다. 이곳이 어디인가. 바로 마녀 키르케의 섬이다. 속세와는 전혀 다른 시간 속에 사는 느낌이었다.

어느새 1년이 쏜살같이 흘러갔다.

오디세우스의 부하들은 서서히 현실을 깨닫기 시작했다.

"이 꽃은 이 섬에 처음 왔을 때 보았던 거야."

"벌써 1년이 지난 모양이구나."

자연은 거짓말을 하지 않았다. 1년이 흘렀음을 여지없이 알려주었다.

부하 하나가 오디세우스에게 다가와 말했다.

"대왕님, 우리는 이곳에서 계속 살아야 하는 것입니까?"

"아니다. 언젠가는 고향으로 돌아가야지."

"그렇다면 지금이 바로 돌아가야 할 때인 것 같습니다. 우리의 아름다운 고향 이타카를 생각하십시오."

오디세우스는 둔기로 한 대 맞은 느낌이었다.

"알겠다. 내가 키르케와 의논해보겠다."

그날 밤 부하들이 깊은 잠에 들었을 때 오디세우스는 혼자 키르케를 찾아갔다. 방문 앞에서 인기척을 하자 키르케는 머리를 빗고 있다 문을 열었다.

"밤늦게 어쩐 일이에요, 나의 사랑."

"키르케, 우리 부하들은 이제 고향으로 돌아가고 싶어 하오. 나 역시 이타카에 가족이 있소. 그동안 먹여주고 재워준 은혜는 고맙지만 나그네가 주인이 될 수는 없는 법이오."

키르케는 실망하는 빛이 역력했다. 하지만 이미 운명의 시간이 다가온 것을 아는 듯했다.

"잘 알겠습니다. 제가 당신을 붙잡을 권리는 없지요."

"우리의 앞길이 괜찮겠소? 당신은 알 것 아니오?"

"제가 잠깐 예언을 말씀드리자면, 대왕께서는 머나먼 항해를 하게 될 터인데, 고향으로 가는 길이 순탄하지는 않을 것입니다."

"그럼 어찌하면 좋겠소? 그동안 나는 너무 어리석어서 부하들을 많이 잃고 고작 배 한 척밖에 남지 않았소."

"어떤 일이 벌어질지 미리 알면 대비를 할 수 있겠지요."

"우리에게 무슨 일이 닥칠지 알려주시오."

"저의 능력은 거기까지 미치지 못합니다. 짐작만 할 뿐이지요."

"그럼 누가 그것을 알려줄 수 있겠소?"

키르케는 잠시 아름다운 미소를 흘리더니 말했다.

"이 땅과 영혼의 세계를 모두 꿰뚫고 있는 사람이지요. 죽은 사람들이 가는 곳, 하데스 신과 페르세포네 왕비가 다스리는 타르타로스로 가시면 앞으로 벌어질 모든 일을 알 수 있습니다."

"그곳에 가서 누굴 만나면 되오?"

"예언자의 영혼을 만나야지요."

"예언자?"

"테베의 눈 먼 예언자 테이레시아스를 만나야 합니다."

"테이레시아스?"

"그렇습니다. 대왕께서 알고 싶어 하는 것을 알려줄 수 있는 신비한 능력을 가진 자입니다."

오디세우스는 가슴이 뛰기 시작했다. 오랜만에 두려움과 모험심이 동시에 솟구쳤다.

"살아 있는 사람이 지하 세계인 타르타로스를 간다는 것은 죽는다는 의미가 아닌가?"

타르타로스로 가는 것은 위험한 모험이었다. 자칫 돌아오지 못하면 그대로 생을 마감하게 된다.

"걱정하지 마십시오. 대왕께서는 반드시 살아 돌아오실 겁니다."

키르케는 타르타로스로 가는 길을 자세히 알려주었다.

"이 양 두 마리를 제물로 바치세요."

오디세우스는 제사에 쓸 숫양과 암양을 한 마리씩 끌고 처소로 돌아왔다. 밤새 뒤척이던 그는 다음 날 부하들을 모두 불러 모았다.

"잠시 어디를 다녀와야겠다. 우리가 고향으로 가기 전에 들러야 할 곳이 있다."

부하들은 해변에 끌어 올려놓았던 배를 힘껏 밀어냈다. 이윽고 배가 바다에 둥실 떠올랐다. 한창 출항 준비를 하는데, 한 명이 보이지 않았다. 바로 엘페노르였다. 그는 전날 술에 취해 배 위의 지붕에 엎어져 자고 있었다.

"출항이다. 닻을 올려라."

동료들이 흔들어 깨우자 엘페노르는 깜짝 놀라 눈을 떴다.

"어서 일어나. 이제 고향으로 돌아간대. 출항 준비를 서둘러야 해."

그는 출항한다는 소리에 비틀거리며 일어났다.

"어이쿠, 배를 띄우는 줄도 모르고 여기 있었구나. 어서 대왕님께 가 봐야겠군."

엘페노르는 술이 덜 깬 데다 비몽사몽간에 허겁지겁 사다리를 타고 내려갔다. 그러다 그만 발을 헛디뎌 땅바닥으로 떨어지면서 목이 부러져 즉사하고 말았다.

사람들은 갑작스러운 죽음에 당황했다.

"출항을 앞두고 사람이 죽다니, 이건 불길한 징조가 아닐까?"

사람들은 모두 두려워했지만 오디세우스는 망설일 시간이 없었다.

"죽은 사람은 죽은 사람이다. 우리는 갈 길을 가야 한다."

그는 엘페노르의 시신을 매장해주지도 않고 출항 준비를 지시했다. 무기를 싣고 제물로 바칠 숫양과 암양도 배에 태웠다.

오디세우스는 바다로 나가기 전에 부하들에게 말했다.

"우리는 고향으로 가기 전에 먼저 반드시 들러야 할 곳이 있다."

"그곳이 어딥니까?"

"타르타로스에 가서 테이레시아스*를 만나야 한다. 어떠한 고난이 있을지 미리 알아야 대비할 수 있고, 그래야 무사히 고향으로 돌아갈 수 있다."

"타르타로스로 간다고요?"

"그건 죽는다는 뜻이 아닙니까? 저는 죽을 수 없습니다."

여기서 잠깐!!

테베 계열의 신화에 자주 등장하는 유명한 예언자로, 죽어서도 예언 능력을 가지고 있었다고 해. 그와 비견할 자는 트로이아 계열의 이야기에 자주 나오는 칼카스지. 그가 어떻게 예언 능력을 지니게 되었는지에 대해서는 여러 가지 설이 있어. 그 가운데 가장 유명한 건 아테나 여신의 벗은 몸을 보고 벌을 받아 장님이 되었는데, 그 보상으로 새들의 말을 알아듣는 능력과 예언력을 얻게 되었다고 하지.

타르타로스라는 말에 부하들의 얼굴은 사색이 되었다.

"차라리 키르케의 섬에서 살다 죽겠습니다."

부하들은 안절부절못하며 배에서 뛰어내리려고 했다.

오디세우스는 엄중하게 말했다.

"이것은 신의 뜻이다. 죽지 않고 돌아올 것이니 모두 나를 믿어라!"

결국 부하들은 오디세우스를 믿고 타르타로스에 가기로 했다.★ 키르케가 일으켜주는 바람 덕에 돛이 빵빵하게 부풀어 금세 큰 바다로 나아갔다.

바다는 밝고 환했지만 그들이 가려는 곳은 어둠의 세계였다. 몇 날 며칠을 항해해 나아가자 서서히 바다와 하늘이 어두워졌다. 이윽고 인간이 갈 수 없는 하계와 경계를 이루는 오케아노스강★으로 들어섰다.

사방이 어둡고 안개 속에 잠긴 그곳은 모든 것들이 인간 세상과 반대로 돌아가고 있었다. 햇빛은 당연히 볼 수 없었다. 음산한 기운이 오디세우스의 배를 감쌌다. 백양나무와 버드나무가 뒤덮인 숲을 지나자 육지가 나타났다.

"이곳에 배를 대라!"

배를 정박한 뒤 조심스럽게 오케아노스 강변을 따라 걸어가 스틱스강이 만나는 곳에 도달했다. 오디세우스는 두 강이 만나는 곳에서 깨끗한 땅을 찾아 명령을 내렸다.

"이곳에서 제를 올린다."

부하들은 일사불란하게 땅을 파고 키르케가 배에 실어준 꿀과 우유와 포도주를 부었다. 그들은 죽은 사람들의 영혼을 위해 참배하고 기도

했다. 이윽고 오디세우스는 숫양과 암양을 잡아 제물로 바치고 그 피를 구덩이에 쏟았다. 붉은 피를 타르타로스에 있는 영혼들이 들이켜게 하기 위해서였다. 이 피를 마신 혼령이라야 인간과 대화를 나눌 수 있었다.

피 냄새가 퍼지자 사방에서 굶주린 영혼들이 몰려왔다. 그 피를 먼저 마시고 싶었던 것이다. 억울하게 죽은 새색시와 청년들, 그리고 아기 혼령도 있었다. 물론 고생하다 죽은 노인, 전쟁에서 죽은 장군과 병사들의 혼령도 나타났다. 그들은 죽을 때의 몸 그대로였다. 온몸에 상처투성이인 혼령, 병마에 시들어 지팡이를 짚고 몰려온 혼령도 있었다. 죽은 자들의 무시무시한 모습을 보고 오디세우스와 부하들은 사시나무 떨듯 몸을 부들부들 떨었다.

"양고기를 덩어리로 썰고, 번제를 올려라!"

부하들은 양고기를 되는 대로 썰어 불에 태웠다. 고기 타는 연기가 하늘로 퍼져 올라갔다. 그것은 타르타로스의 하데스 왕과 페르세포네 왕비에게 바치는 제물이었다.

부하들이 경건하게 제를 지내고 있을 때, 오디세우스는 피의 구덩이 옆에서 칼을 뽑아

여기서 잠깐!!

《그리스 로마 신화》에서는 영웅들이 난데없이 저승 세계에 갔다 오곤 해. 왜 그럴까? 이건 동서고금을 막론하고 신화에 자주 나오는 원형적인 이야기 구조야. 영웅이 큰일을 하려면 죽을 고비를 넘기고 다시 태어나야 한다는 의미에서 저승 세계를 한 번 다녀오지. 후대에 단테의 《신곡》에서도 지옥을 다녀오는 형태로 나타나고, 김시습의 한문소설 《금오신화》의 〈남염부주지〉도 박 선비가 지옥에 가서 염라대왕을 만나는 이야기야.

● ● ●

고대 그리스인들은 세계가 원형의 평평한 판처럼 생겼다고 믿었어. 그리고 그 주위를 둘러싸고 오케아노스라는 큰 강이 흐른다고 생각했지. 오케아노스는 바로 이 강의 신이야. 이 신이 로마 신화와 융합되어 오케아누스가 되었어.

들었다. 마치 큰 강에 미끼를 던져놓고 물고기가 오기를 기다리는 낚시꾼의 자세였다. 피를 마시려고 달려드는 수많은 영혼들을 막기 위해 칼을 휘둘러야 할 정도였다. 오디세우스가 바라는 영혼은 바로 테이레시아스였다. 그의 혼령이 오기 전까지는 그 어떤 영혼도 이 피를 마실 수 없었다.

그때 가장 먼저 달려와 오디세우스를 반긴 것은 배에서 떨어져 죽은 엘페노르였다.

"대왕이시여! 저를 왜 묻어주지 않았습니까?"

"엘페노르, 미안하구나. 급히 출항하느라 너의 장례를 치러줄 겨를이 없었다."

시신을 묻어주지 않아 산 자도 죽은 자도 아닌 상태이기에 엘페노르의 혼령과는 대화를 나눌 수 있었다.

"저를 매장해주지 않으면 다른 혼령과 섞일 수가 없습니다. 저는 죽은 자도 아니고 산 자도 아닙니다."

"알았다. 돌아가는 대로 너의 시신을 반드시 매장해주마. 괴롭더라도 조금만 기다려라."

엘페노르는 안심했다는 듯 부탁했다.

"이 피를 조금만 마시게 해주십시오."

"안 된다. 우리는 이곳에 온 목적이 있느니라."

엘페노르는 아쉽지만 살아생전에 자신이 모셨던 대왕의 뜻을 거스를 수 없었다.

그가 물러나자 갑자기 낯익은 여인의 혼령이 다가왔다. 오디세우스는 여인을 한눈에 알아보았다.

"아, 어머니!"

그의 어머니는 아들이 트로이아 전쟁에서 싸우고 있을 때 세상을 떠났다. 오디세우스는 어머니의 영혼마저 막아섰다.

"어머니, 살아 계시기만을 바랐는데 결국은 돌아가셨군요. 하지만 가까이 오시면 안 됩니다. 이 피는 어머니를 위한 것이 아닙니다. 제가 고향으로 돌아가기 위해서는 예언자의 혼령을 만나야 합니다."

영혼들을 가까스로 제지하고 있을 때 마침내 앞을 못 보는 예언자 테이레시아스가 나타났다.

"그대가 바로 예언자로군. 맘껏 드시오. 그리고 나의 미래에 대해 말해주시오."

오디세우스는 마침내 칼을 거두고 한 발 물러났다. 힘없는 테이레시아스는 피를 마시고는 마침내 기운을 차렸다. 그러자 목소리가 변하고 태도가 웅장해졌다. 우렁찬 예언자의 목소리가 된 것이다.

"나의 예언을 잘 들으시오! 그대는 아직도 바다의 신 포세이돈의 저주를 받고 있소. 포세이돈의 아들인 거인의 눈을 멀게 했기 때문이오."

"그것은 알고 있소."

"앞으로도 뱃길이 아주 험난할 것이오. 이 세상 어떤 인간도 겪지 못했던 고난을 겪어야 하오. 하지만 그대는 언젠가는 고향 해변에 닿을 수 있소."

"고향으로 돌아갈 수 있다는 것만으로도 감사한 일이오."

오디세우스가 듣고 싶은 말이었다.

"이제부터 내 말을 새겨들으시오. 항해하는 중에 여러 섬에 들르겠지만, 특히 트리나키아섬을 조심하시오! 그 섬의 평화롭고 기름진 풀밭에서는 태양의 신 히페리온*의 소 떼들이 풀을 뜯고 있을 것이오. 그대들은 배가 고픈 나머지 그 소를 잡아먹으려고 할 것이오. 하지만 그 소는 절대 건드려서는 안 되오. 눈앞의 욕심을 잠시만 참으면 고향으로 무사히 돌아갈 것이오. 그렇지 않으면 그 누구도 겪어보지 못한 재난이 기다리고 있을 것이오. 무서운 불화와 슬픔 말이오."

"고향에 있는 아내와 아들은 어떻게 지내고 있소?"

"이 세상의 온갖 망나니들이 그대의 집에 모여들어 음식과 양식을 축내며 그대의 아내에게 결혼을 요구하고 있소. 페넬로페는 그대가 죽은 줄 알고 있지만 그들의 청혼을 거절하고 있소."

"내가 죽고 그들과 결혼하는 것이 신의 뜻이라면 어찌하오?"

"모든 것은 그대 하기에 달렸소."

예언자 테이레시아스는 그 말을 끝으로 사라졌다.

그때 어머니가 다시 다가오자 오디세우스는 말했다.

"어머니! 이 피를 마시세요!"

어머니는 구덩이의 피를 맛보고는 오디세우스와 이야기를 나누었다.

"아들아, 너는 죽은 것이냐? 어찌하여 이 땅에 왔단 말이냐? 여기는 죽은 자들만 오는 곳이 아니더냐? 나는 네가 돌아오지 않아서 슬픔을 견디지 못해 죽었다."

"어머니! 불효자를 용서하십시오! 모진 운명으로 어머니의 임종도 지키지 못하고 큰 죄를 지었습니다. 어머니! 마지막으로 한 번 안아보고 싶습니다."

오디세우스는 어머니에게 다가가 팔을 벌렸다. 하지만 영혼인 어머니는 그의 품에 안길 수가 없었다. 두세 번을 휘둘러도 어머니의 혼령은 번번이 팔에서 빠져나갔다. 오래지 않아 어머니는 소리 없이 사라지고 말았다.

그러자 다른 혼령들이 차례로 그에게 다가왔다. 맨 먼저 다가온 것은 아가멤논이었다. 트로이아로 진격했던 검은 함대의 대장, 그리스 연합군의 총사령관이었다.

"총사령관께서 어찌하여 여기 있단 말입니까? 무사히 고향으로 돌아간 줄 알았는데."

트로이아의 공주였던 카산드라를 데리고 고향으로 갔던 그가 죽어서 타르타로스에 있었다. 그 역시 피를 마시고는 자기가 어떻게 죽게 되었는지 이야기해주었다.★

"나의 친구 오디세우스! 나는 고향으로 무사히 돌아갔다네. 하지만 아내의 정부가 나를 죽였네."

"전쟁에서 살아남은 당신이 그리 허무하게 죽을 줄은 몰랐습니다."

"환영 잔치인 줄 알고 갔다가 참혹하게 죽

여기서
잠깐!!

티탄 신족의 하나로 오래된 신이야. 우라노스와 가이아의 아들이기도 하지. 누이인 빛의 여신 테이아와 결혼해서 태양의 신 헬리오스와 달의 여신 셀레네, 새벽의 신 에오스를 낳았어. 그렇기에 사람들은 히페리온을 태양의 신으로 여기기도 하지.

● ● ●

아가멤논은 이미 전쟁 중에 아킬레우스와 사이가 나빴고, 욕심을 많이 부렸어. 배를 타고 돌아가려 할 때 아킬레우스의 영혼이 다가올 불행을 말해주었다는 설이 있어. 아니나 다를까 고향에 돌아왔는데 아내 클리타임네스트라의 정부인 아이기스토스가 만반의 준비를 하고 아가멤논을 살해했지. 동서고금을 막론하고 승리를 거둔 뒤 허무하게 죽는 영웅이 많은 건 그만큼 인생이 한시도 마음을 놓아선 안 된다는 깨달음을 주는 거야.

임을 당하고 말았네."

오디세우스는 살아서도 절대 긴장을 놓치지 않고 항상 조심해야 한다는 것을 깨달았다.

아가멤논이 사라지자 아이아스의 혼령도 찾아와 대화를 나누었다. 무엇보다 가장 위대한 장군이었던 아킬레우스의 혼령이 찾아왔다.

"아킬레우스, 그대를 여기서 다시 만나는군."

"당신은 아직 고향에 돌아가지 못하고 있군요."

"그렇네. 나에게 힘과 용기를 주게. 이곳은 어떤가?"

"이곳에는 태양이 비치지 않습니다. 어떤 꽃도 피지 않고 그 어떠한 기쁨과 즐거움도 없습니다. 누군가 나에게 죽은 자들의 나라를 다스리는 왕이 되라고 말한다면, 나는 단호히 거절하겠습니다."

"그럼 그대는 무엇이 되고 싶은가?"

"차라리 살아 있는 사람들의 나라에서 가난한 농부의 노예가 되어 그곳에서 뒹구는 것이 훨씬 낫습니다."

오디세우스는 눈물을 흘렸다. 살아서는 아무리 뛰어난 영웅이었어도 죽어서는 이런 곳에 머물러야 한다는 사실에 인생이 너무 허무하게 느껴졌다. 아킬레우스는 살아 있는 사람들의 소식을 물었고, 오디세우스는 아는 대로 대답해주었다.

"친구! 잘 있게. 나는 다시 돌아가야 하네."

아킬레우스는 당당하게 어둠 속으로 사라졌다. 그 뒤로도 오디세우스의 죽은 부하들과 그가 죽인 자들, 혹은 그를 죽이려 했던 자들의 혼령이 무수히 지나갔다. 미노스 왕도 나타났다 사라졌고, 오리온도 자신이 직접 죽인 짐승들의 혼령과 함께 음습한 이곳 아스포델로스★ 꽃이 핀 벌판을 헤매고 있었다.

늘 갈증에 시달리는 탄탈로스의 혼령도 나타났다. 그는 턱까지 차오르는 물속에 잠겨 있으면서도 고개를 숙이면 물이 내려가 벌컥벌컥 물을 마시지 못하는 형벌을 받고 있었다. 바윗돌을 끊임없이 굴려 올리는 시시포스의 혼령도 보였다. 그 또한 바윗돌을 꼭대기까지 끌어 올리면 다시 그 바윗돌이 굴러떨어져서 다시 밀어 올려야 하는 형벌을 받고 있었다. 그는 고난의 행군을 영원히 계속해야 했다.

수없이 많은 혼령들이 몰려와 비명을 지르고 고통을 호소하는 소리가 어둠의 세계를 뒤흔들었다. 아무리 용맹한 오디세우스도 두려움에 떨 수밖에 없었다. 이제 예언을 들었으니 이곳에 남아 있을 이유가 없었다.

오디세우스가 물러나자 수백수천의 혼령들이 구덩이에 부어놓은 피를 마시려고 한꺼번에 달려들었다. 모닥불을 피워놓고 제를 지내던 부하들은 절반은 죽은 자들처럼 두려움에 떨고 있었다.

여기서 잠깐!!

저승에 피는 꽃으로 시들지 않는 꽃이라는 뜻의 불조화라고도 하는데 단테의 《신곡》에도 등장할 정도로 유명해. 아스포델로스의 꽃말은 '나는 당신의 것입니다. 당신이 죽은 후에도 당신을 그리워합니다'이지. 예로부터 많은 시인들의 작품에 등장하는 꽃으로 과거 지중해 연안에 많이 자생했다고 해.

"어서 돌아가자!"

그들은 빠른 걸음으로 저승 세계와 이승 세계의 경계인 백양나무 숲을 향해 달려갔다.

"트로이아 전쟁에서 이렇게 빨리 달렸다면 우리는 그렇게 오래 싸울 필요도 없었겠구나."

오디세우스가 핀잔을 주었다. 그들은 그 어느 때보다 빨리 달려가 배에 올랐고, 닻을 걷어 올린 뒤 힘차게 노를 저었다. 이 슬픔과 죽음의 해변에서 1분 1초라도 빨리 벗어나고 싶었다.

먼 바다로 나오자 때마침 키르케가 보내준 서풍이 불어왔다. 돛을 올리자 순식간에 키르케의 풍요롭고 아름다운 섬이 보였다.

6

수많은 유혹

오디세우스가 이끄는 배는 키르케의 섬으로 돌아왔다. 배를 다시 뭍으로 올리고 오디세우스가 내린 첫 명령은 이것이었다.

"엘페노르의 장례를 치러주어라!"

죽어서도 타르타로스로 가지 못하고 떠도는 엘페노르의 영혼을 편안하게 보내주고 싶었다. 엄숙한 분위기에서 장례식이 거행되었다. 그들은 엘페노르의 시신을 묻어주고 눈물을 흘렸다.

"엘페노르! 타르타로스에 가면 꼭 만나세. 그때까지 편히 쉬게나."

엘페노르의 무덤가에는 그가 젓던 노를 묘비처럼 꽂아두었다. 성대한 잔치를 벌이고 나서 키르케는 오디세우스를 바라보며 말했다.

"사랑하는 오디세우스, 당신이 떠날 운명인 걸 알고 있어요. 하지만 목적을 이루기까지는 항상 어려움이 따르는 법이지요. 이번 항해도 고난이 많을 겁니다."

"각오하고 있소."

"당신에게는 세이렌이라는 마녀가 나타날 거예요."

"세이렌은 어떤 마녀요?"

"그 마녀의 노랫소리를 들으면 혼이 빠져나갑니다. 그리고 떠다니는 바위산에 사는 스킬라와 카립디스가 기다리고 있을 거예요."

키르케는 사랑하는 연인에게 마지막 선물을 주듯이 앞으로 닥칠 위험을 이겨낼 방법들을 일러주었다. 겪어보기 전에는 알 수 없지만 오디세우스는 키르케의 조언을 새겨들었다.

"잘 알겠소. 명심하겠소."

마지막 밤을 보내고 아침이 되자, 오디세우스는 키르케와 작별을 고했다. 해변까지 따라온 키르케는 오디세우스가 부하들과 함께 배를 다시 바다에 밀어 넣는 것을 보고 숲속으로 돌아갔다.★

오디세우스는 순풍이 불자 바로 배에 올랐다.

"자! 고향으로 돌아가자! 우리에게 어떤 위험이 닥치더라도 잘 헤쳐나가자! 이곳에서 돼지처럼 살 수는 없다."

키르케가 부하들을 돼지로 만든 것을 비유한 말이었다. 돼지처럼 주인이 주는 것이나 받아먹으며 살아가기보다는, 사람으로서 고난을 이겨내고 고향으로 돌아가겠다는 의미였다.

키르케는 순풍을 보내주었다. 배는 돛에 바람을 가득 담은 채 미끄러지듯 밀려 나갔다. 하지만 키르케의 영역을 벗어나자 순풍은 멎고 말았다. 바람 한 점 없이 나아가야 했다. 바람이 없다는 것은 어떠한 동력 장치도 없다는 뜻이었다. 자연의 섭리와 일기의 변화에 따라 바람이 불어오기를 기다리는 수밖에 없었다.

그때였다. 망망대해를 바라보던 부하 하나가 외쳤다.

"대왕이시여! 저곳을 보십시오!"

오디세우스가 바라보니 조금 전까지도 없던 섬 하나가 갑자기 나타났다.

"아, 저것이 바로 키르케가 말한 첫 번째 위험이다."

"그냥 섬이지 않습니까?"

"저 섬에는 세이렌이라는 마녀가 살고 있다. 저 마녀의 노랫소리를 들으면 뱃사람들의 혼이 나간다고 한다."

"그럼 어찌해야 합니까?"

"빨리 밀랍을 가져와라!"

부하들이 키르케가 준 커다란 밀랍 덩어리를 꺼냈다. 밀랍을 잘게 잘라 뜨겁게 달구자 이내 말랑말랑해졌다. 모든 부하들의 귀에 뜨

여기서 잠깐!!

오디세우스가 떠난 뒤 키르케는 텔레고노스를 낳았어. 혼자 아들을 키우던 키르케는 작은 바다를 지배하는 신 글라우코스와 사랑에 빠지게 돼. 일설에 따르면 스킬라한테 반한 글라우코스가 키르케를 찾아와 사랑의 묘약을 만들어달라고 주문했대. 인어공주가 묘약을 먹고 사람이 되는 이야기의 원조는 바로 이런 신화에 바탕을 둔 거야. 키르케는 질투한 나머지 스킬라의 목욕물에 독초를 풀어 상반신은 여인인데 하반신은 무섭게 짖어대는 개의 머리가 여섯 개 달린 괴물로 만들어버렸지. 스킬라는 바위 동굴에 살면서 지나가는 배를 부수고 선원들을 잡아먹으며 살아. 물론 귀환길에 오른 오디세우스의 부하 여섯 명이 스킬라에게 잡아먹히는 사건과 앞뒤가 안 맞긴 하지만 신화는 어차피 조각조각 이어 붙인 것이기에 앞뒤를 따지는 건 무의미해.

거운 밀랍을 부었다. 밀랍으로 귀를 막아버리자 부하들은 아무 소리도 듣지 못했다. 부하들은 들리지 않으니 서로 큰 소리로 외쳤다.

"대왕님의 귀에도 밀랍을 넣으십시오!"

"아니다. 나는 저 소리를 한번 들어보고 싶구나."

"그러다 혼이 나가서 바다에 뛰어들기라도 하면 어쩌시렵니까?"

"그러니까 너희가 나를 이 기둥에 밧줄로 꽁꽁 묶어라!"

호기심과 모험심이 가득한 오디세우스의 고집은 누구도 꺾을 수 없었다. 부하들은 오디세우스를 밧줄로 꽁꽁 묶었다.

"자, 이제 저 섬을 지나가자! 절대 섬으로 다가가서는 안 된다. 그냥 지나가야 한다."

키르케는 세이렌*이라는 마녀들이 얼마나 아름다운 노래를 부르는지, 마치 끊을 수 없는 거미줄로 꽁꽁 묶어 잡아당기는 것 같다고 했다. 뱃사람들은 그 소리에 홀려 섬으로 다가가다 배가 좌초해 모두 바다에 빠져 죽는다는 것이었다. 아름다운 꽃이 피는 섬이라고 하지만 가까이 다가가 보면 온통 침몰한 배들과 죽은 사람들의 뼈와 해골이 바다에 가득 잠겨 있었다. 바람이 불지 않아 이곳을 빠져나가려면 노를 젓는 수밖에 없었다.

"노를 저어라!"

수신호에 맞춰 부하들은 힘껏 노를 저었다. 그들의 귀에는 아무 소리도 들리지 않았다. 하지만 오디세우스의 귀에는 마녀들의 아름다운 노래가 박혔다.

"내가 아무리 발버둥치고 호령해도 나를 풀어주지 말아라!"

그 노래는 인간의 마음을 온통 흔들어놓았다. 모든 것을 내려놓고 쉬고 싶은 마음이 솟구쳤고, 영원한 행복과 영원한 편안함이 있는 곳으로 오라고 유혹하는 듯했다. 인생을 사는 것이 무의미해지고 오직 저곳으로 가야만 한다는 생각밖에 들지 않았다.

"아아아!"

세이렌의 아름다운 노랫소리가 귓가에 속삭이듯 들려오자 오디세우스는 온몸이 노곤노곤해지면서 섬으로 다가가고 싶었다. 하지만 밧줄로 묶여 있으니 몸은 꼼짝도 하지 못했다. 급기야 오디세우스는 온몸을 흔들며 발버둥치기 시작했다.

"어서 밧줄을 풀어다오. 나는 저곳으로 가야 한다."

아무리 목이 터져라 소리를 질러도 노를 젓는 부하들은 듣지 못했다. 그저 묵묵히 노를 저을 뿐이었다.

"이놈들아! 내 말이 안 들리느냐! 명령이다! 빨리 이걸 풀어라!"

배가 섬 옆으로 지나가자, 노래하는 아름다운 처녀들의 모습이 또렷이 보였다. 부하들은

여기서 잠깐!!

반은 여자이면서 반은 새인 마녀야. 탄생에 관한 설은 여러 가지가 있어. 애초에 두 명이라고 하다가 갈수록 그 수가 늘어났어. 그들이 맡은 화음의 사중창에서 누가 어느 파트를 맡는지를 설명하는 글도 있지. 암초투성이 섬에 살면서 아름다운 노래로 사람을 유혹해서 섬 주위로 다가가는 배들이 좌초하면 뱃사람들을 잡아먹었다고 해. 그녀들의 친구인 페르세포네가 하데스에게 잡혀가는데도 가만히 있어서 벌을 받았다는 설도 있어. 아프로디테가 사랑을 우습게 아는 그들에게 사랑을 빼앗아버려서 그렇게 되었다고도 해. 이들은 아름다운 음악에도 덫이 있듯이 삶의 유혹을 조심하라는 것을 상징하지.

소리를 듣지 못하니 곁눈질로 마녀들을 바라보며 땀이 뻘뻘 나도록 노를 저었다. 하지만 오디세우스의 귀에는 세이렌의 치명적인 노랫소리가 생생히 들려왔다.

용사인 오디세우스여!
그리스 연합군의 꽃이신 그대
어서 오세요!
그대의 힘들고 지친 영혼을 쉬면서
이곳에서
우리의 노래를 들으세요!
우리의 노래는 이 세상의
어떠한 벌꿀보다 달콤하며

어떠한 솜보다 더 부드럽습니다!

우리는 세상일을 다 알고 있고

그대의 운명도 알고 있어요!

앞으로 벌어질 일들도 알고 있으니

어서 와서 쉬세요!

영원한 평화가

그대를 기다리고 있어요!

바다는 위험한 곳입니다.

왜 사서 고생을 하나요.

어서 와서 우리의

따뜻한 품에 안기세요!

오디세우스는 욕망이 불길처럼 일었다. 전쟁에서 어떠한 창이나 칼에 베인 상처보다 더 큰 아픔이 그의 가슴을 뚫었다. 빨리 그 섬으로 가지 않으면 안 될 것만 같았다.

"나를 풀어주지 않으면 너희를 모조리 죽이겠다. 빨리 나를 풀어라."

하지만 소용없었다. 부하들은 죽어라 노만 저었고 배는 쏜살같이 섬 옆을 지나갔다. 이윽고 세이렌의 아름다운 노랫소리가 점점 멀어졌다. 섬이 완전히 보이지 않고 노랫소리도 사라졌을 무렵 부하들이 노 젓는 일을 멈추고 말했다.

"이제 지나왔다. 밀랍을 뽑아보자!"

귀에 박힌 밀랍을 조심스럽게 뽑아보니 파도가 뱃전에 부딪혀 찰랑

거리는 소리가 들렸다. 아무 일 없는 것을 확인한 부하들은 오디세우스에게 달려갔다.

"대왕이시여! 세이렌의 소리를 들으셨습니까?"

고함을 지르고 발광하던 오디세우스는 죽고 싶은 마음뿐이었다. 부하들이 밧줄을 풀어주자 그 자리에 엎드려 통곡했다.

"으으으! 왜 나를 풀어주지 않았느냐. 이놈들아! 나는 세이렌의 섬에서 살고 싶었단 말이다!"

오디세우스는 여전히 혼이 나간 상태였다. 세이렌의 마법은 그만큼 무서웠다.

한참 뒤에 오디세우스는 비로소 정신을 차렸다.

"아! 죽을 뻔했다. 너희 덕분에 살았다! 내가 어쩌다 그렇게 미쳤는지 모르겠구나. 모두 수고했다!"

오디세우스는 털고 일어나 다시 목적지를 향해 노를 젓고 있는 부하들을 격려했다.

첫 번째 고난은 그렇게 간신히 비켜갈 수 있었다.

그러나 인생은 고난의 연속이다. 얼마 지나지 않아 두 번째 고난이 닥쳐 왔다.

"섬이 나타났습니다."

눈앞에 봉우리가 구름에 닿을 것 같은 바위산 두 개가 모습을 드러냈다. 바위산 사이로 바닷물이 주기적으로 급격히 치솟아 오르는 모습도 보였다. 지옥이 바로 이곳이 아닌가 싶었다. 바위산 사이로 난 좁은 뱃길을 지나가야만 고향으로 갈 수 있었다.

"저곳이구나!"

괴물 카립디스*가 하루에 세 번씩 바닷물을 빨아들였다가 뿜어내는 곳이었다. 카립디스가 일으키는 소용돌이에 빨려들어 갔다가 빠져나온 배는 한 척도 없었다. 왼쪽 바위산 기슭에 카립디스가 살고 있었고, 오른쪽 바위산 중턱에는 또 다른 괴물이 살고 있었다. 바로 스킬라였다.

키르케는 단단히 일러주었다.

"스킬라는 개의 머리가 여섯 개 달린 괴물이에요. 목에는 비늘이 덮여 있는데 입안에는 세 줄의 날카로운 이빨이 나 있죠. 주둥이 옆에는 열두 개의 더듬이가 있고 그 끝에는 갈고리가 있는데, 한번 걸리면 절대 놓지 않아요. 이 더듬이를 풀어서 먹이를 잡는답니다."

"사람도 먹지 않소?"

"당연합니다. 물고기나 돌고래도 잡아먹지만 배를 타고 지나가는 사람도 이 더듬이로 잡아서 한 번에 삼킵니다. 조심해야 해요."

오디세우스는 정신을 바짝 차렸다. 바다 밑에 고정되어 있는 것이 아니라 떠다니는 섬이어서 파도가 칠 때마다 오른쪽과 왼쪽 바위산의 밑부분에서 암초들이 수시로 드러났다. 바위산은 제멋대로 떠다니며 배들을 들이받았다. 배들이 지나가면 두 개의 바위산이 움직여서 배를 절구통에 넣고 찧듯이 부숴버렸다. 두 개의 바위산이 부딪친 자리에 남은 것은 나뭇조각과 사람의 뼛조각뿐이었다.

오래전부터 신들은 이 바위산을 떠다니는 바위라고 불렀다. 두 바위산 사이를 지나갈 수 있는 것은 이 섬에 사는 괴물 스킬라와 카립디스뿐이었다. 서로 부딪치는 바위산을 용케 피한다 해도 카립디스가 배를 통

째로 삼켜버리거나 한꺼번에 몇 사람씩 잡아
먹는 스킬라의 먹이가 될 뿐이었다. 오디세우
스는 난관을 헤쳐 나가기로 결심했다.★

"저런 괴물들에게 질 수는 없다! 배를 오른
쪽 바위산에 붙여라!"

부하들은 이유를 알지 못한 채 그저 명령
에 따랐다. 오디세우스는 스킬라 쪽으로 배를
붙여서 바위산 사이를 지나가기로 했다. 무시
무시한 소용돌이와 함께 배를 통째로 삼키는
카립디스로부터 멀리 떨어지는 것이 낫다고
생각했다.

"대왕께서는 배를 통째로 잃느니 따로따로
잡아먹히는 게 낫다는 생각이야. 큰 걸 잃느니
작은 걸 잃겠다는 뜻이지."

부하들은 오디세우스의 전략을 알아챘다.
좁은 뱃길을 죽을힘을 다해 지나가고 있을 때
였다. 바위산 중턱에서 개의 머리가 여섯 개
달린 스킬라가 나타나 눈 깜짝할 사이에 배를
덮쳤다. 노잡이 여섯 명이 그대로 붙잡혀 허공
으로 떠올라 동굴 속으로 끌려 들어갔다.

"살려줘! 살려줘!"

하지만 괴물에게 잡혀가는 그들을 구할 방

여기서
잠깐!!

카립디스는 헤라클레스의 소를 훔
쳐 먹은 죄로 끔찍한 괴물이 되었어.
이 괴물은 하루에 세 번 물을 입으로
빨아들였다가 내뱉어서 지나가는
배들을 난파시켰대. 그래서 이 해협
을 통과하는 배들은 해안에서 멀리
떨어져 항해할 수밖에 없었어.

● ● ●

오늘날 시칠리아섬과 이탈리아반도
를 잇는 메시나해협을 말해. 폭이 가
장 좁은 곳은 1.9킬로미터이고 깊이
는 250미터야. 해류가 소용돌이치
는 곳으로 배들이 항해하기 어렵다
고 해서 괴물 이야기가 만들어졌지.

법이 없었다. 그들은 순식간에 동굴 속으로 사라져 비명 소리만 메아리가 되어 울려 퍼질 뿐이었다.

겁에 질린 부하들을 보며 오디세우스가 명령했다.

"노를 저어라! 동료들을 생각할 때가 아니다! 온 힘을 다해 노를 저어라!"

부하들은 온몸을 구부렸다 폈다 하며 있는 힘을 다해 노를 저어 계속 배를 몰았다. 언제 또다시 스킬라가 나타나 그들을 잡아먹을지 몰랐다. 그러자 또다시 섬 하나가 나타났다. 섬은 멀리 있는데도 이상하게 환청처럼 소 떼와 양 떼의 울음소리가 들렸다. 이 험한 곳을 빠져나오느라 지친 부하들은 그 섬에서 잠시 쉬고 싶었다.

"대왕님! 이곳을 통과했습니다. 저 섬에 정박하는 것이 어떨까요?"

"안 된다! 계속 노를 저어라!"

그곳이야말로 가장 위험한 섬이었다.

앞서 저승에서 만난 테이레시아스는 오디세우스에게 단단히 일러주었다.

"태양의 신의 섬을 지나가게 될 것이오. 그곳에 있는 가축은 절대 손대면 안 되오."

아무리 살진 양과 소가 있어도 예언을 무시할 수 없었다. 이때 에우릴로코스가 오디세우스에게 다가왔다. 그는 가장 친한 친척이었다.

"대왕이시여! 더 이상은 무리입니다. 일단 저 섬으로 가서 지친 부하들을 쉬게 해야 합니다."

"맞습니다. 배불리 먹고 쉬어야 다시 항해할 수 있습니다."

부하들이 모두 폭동을 일으킬 기세였다. 에우릴로코스의 말이 맞다며 절대적으로 휴식이 필요하다고 외쳤다. 어떤 부하는 이렇게 말했다.

"죽은 동료들을 위해 장례도 치러야 합니다!"

오디세우스는 그 섬에 가혹한 운명이 기다리고 있다는 것을 알지만 계속 항해할 수는 없었다.

"알겠다. 그 대신 한 가지 약속해야 한다."

"그것이 무엇입니까?"

"저 섬에 있는 소와 양은 태양의 신 히페리온의 가축이다. 그러니 절대 건드려서는 안 된다."

"알겠습니다."

"약속을 지키겠다고 맹세해라!"

"맹세하겠습니다!"

오디세우스 일행은 섬을 돌아 후미진 해안가에 배를 댔다.

"자, 우리에게는 키르케가 준 음식이 있다. 이걸 먹고 다시 힘을 내서 바다로 나가자."

부하들은 음식을 배불리 먹고 그대로 해변에 누워 곯아떨어졌다.

이윽고 밤이 되었다. 그때 제우스가 그 섬에 폭풍우를 보냈다. 거친 비바람이 몰아치자 잠에서 깬 오디세우스는 황급히 명령했다.

"폭풍이 온다! 배를 끌어 올려라!"

몇 명 되지 않는 부하들이 가까스로 배를 끌어 올렸다. 일단 잘 가꿔진 풀밭에 배를 올려놓고 파도가 멈출 때까지 기다리기로 했다. 그 풀밭은 태양의 신의 가축을 돌보는 요정들의 놀이터였다.

"폭풍우가 지나가면 다시 항해를 시작하자."

하지만 신의 뜻은 헤아릴 수 없었다. 폭풍우는 무려 한 달이나 지속되었다. 신들의 손에 들린 주사위와 같이 인간의 운명은 나약하기 짝이 없었다.

"대왕님, 키르케에게 얻은 식량이 바닥났습니다. 먹을 것이 하나도 없습니다. 이대로 있다가는 모두 굶어 죽을 것입니다."

"물고기를 잡아 와라! 바닷새도 좋다!"

부하들은 흩어져서 물고기도 잡고 새도 잡아 왔다. 하지만 그것들로 한 달 동안 버티기는 쉽지 않았다. 굶주림을 참다 못한 부하들이 어떻게든 눈앞의 살진 양과 소를 잡아먹을 것이었다. 오디세우스는 올림포스의 신들에게 기도해보기로 결심했다.

"이 섬 어딘가에 신전이 있을 것이다. 그곳에 가서 신들의 뜻을 물어보고 도움을 청해봐야겠다."

오디세우스는 부하들에게 다시 한번 신신당부했다.

"내가 없는 동안 절대 저 소와 양을 건드려서는 안 된다.

숲이 우거진 산을 올라가서 마침내 신전을 찾아낸 오디세우스는 그곳에 들어가 간절히 기도를 올렸다.

"올림포스의 신들이시여! 어찌하여 저에게 이렇게 가혹한 운명을 주십니까? 폭풍우를 멈춰주시고 고향으로 돌아갈 용기와 힘을 주십시오."

기도를 올리느라 지친 오디세우스는 그만 쓰러져 잠이 들었다. 한참을 죽은 듯이 자고 일어난 오디세우스는 고개를 들어 신전 밖을 보았다. 여전히 폭풍우는 몰아치고 하늘에는 온통 먹장구름이 가득했다.

"아, 내가 깜박 잠이 들었구나. 부하들에게 돌아가야겠다. 신께서 나의 부탁을 들어주시겠지."

오디세우스는 지친 몸을 이끌고 신전을 내려왔다. 그런데 바다 쪽에서 습한 해풍이 익숙한 냄새와 함께 불어왔다.

"이건 뭐지?"

그것은 고기 굽는 냄새였다. 오디세우스는 불길한 예감이 들어 허겁지겁 산을 내려왔다. 아니나 다를까 풀밭에서는 잔치가 벌어지고 있었다. 부하들이 모닥불을 피워놓고 소를 구워 먹고 있었던 것이다. 부하들은 주린 배를 채우느라 정신이 없었다. 오디세우스는 달려가서 크게 소리쳤다.

"이게 무슨 짓들이냐! 내가 그토록 신신당부했거늘!"

그때 에우릴로코스가 나서서 말했다.

"대왕님, 우리가 기댈 곳이 어디 있습니까? 신들의 자비밖에 없지 않습니까? 대왕님도 그래서 신들께 기도를 올리러 간 거 아닙니까? 소를 잡아먹지 않으면 다 굶어 죽을 것입니다. 굶어 죽는 것은 신의 저주를 받아 죽는 것보다 더 비참한 일입니다. 차라리 배불리 먹고 신의 저주를 받겠습니다."

그 자리에서 오디세우스는 무릎을 꿇었다. 태양의 신의 소는 이미 형체도 없이 뼈만 나뒹굴었다. 부하들은 식량으로 쓰겠다고 훈제를 한 고깃덩어리를 배에 싣고 있었다. 이미 엎질러진 물이었다. 구워놓은 고기를 먹지 않는다고 소들이 살아날 리 없었다. 신의 저주는 이미 시작되었는데 어찌할 것인가. 당장의 배고픔을 모면할 수밖에 없었다. 그들은 일주일 정도 먹고 마신 뒤에야 비로소 기운을 차렸다. 이제 가혹한 운명과 맞서 싸울 수밖에 없었다.

마침내 폭풍우가 멎었다. 구름이 걷히고 서광이 비치자 아름다운 섬의 풍경이 나타났다.

"이제 떠나자!"

어떤 가혹한 운명이 기다리고 있을지 알 수는 없었지만 오디세우스는 부하들을 북돋워 바다로 배를 밀어 넣었다. 오디세우스는 마음속으로 신들에게 빌었다.

'불쌍한 저희를 굽어살피소서! 신들의 가축을 잡아먹은 것을 용서해 주시옵소서!'

평온한 바람이 불어 큰 바다로 나갈 때까지 그들은 신의 저주가 얼마나 무서운지 알지 못했다.

망망대해에서 바람을 타고 나아가고 있을 때였다. 갑자기 먼 바다에서 비구름이 서서히 피어오르기 시작했다. 비구름은 이내 먹장구름으로 변하더니 삽시간에 하늘을 뒤덮었다. 온통 먹물을 뿌려놓은 것 같은 어둠 속에서 무시무시한 바람이 배를 덮치기 시작했다. 돛이 찢어져 날아가고 돛대는 여지없이 부러졌다. 이렇게 거센 폭풍을 겪어본 적이 없었다. 부러진 돛대가 키잡이의 머리를 쳐서 그 자리에서 즉사했고, 벼락이 떨어져 배에 불이 나고 그슬렸다. 배는 마치 낙엽처럼 바다 위를 제멋대로 떠돌았다. 노잡이들이 하나둘씩 바다로 떨어져 나갔다.

"으아악! 살려줘! 도와줘!"

누구를 살려주고 도와줄 형편이 아니었다. 분노한 신들의 징벌을 피할 수 없었다. 사람이든 나뭇조각이든 뭐든 바다로 떨어진 것은 형체도 없이 사라졌다. 신의 가축에 손을 댄 대가는 모질기 짝이 없었다.

　오디세우스도 몸을 가누지 못하고 바다에 떨어졌다. 물속으로 가라 앉았다 수면으로 떠오르자 옆에 부러진 돛대가 떠 있는 것이 보였다. 헤엄쳐서 돛대로 올라가 자신의 몸을 밧줄로 돛대에 꽁꽁 묶고 다시 정신을 잃었다.

　인간들을 실컷 응징한 태양의 신은 드디어 폭풍우를 잠재웠다. 바다는 언제 그랬냐는 듯 잠잠해졌고 돛대 하나만이 바다 위를 떠다닐 뿐이었다. 오디세우스는 돛대 위에 몸을 실은 채 아흐레를 정처 없이 표류했다. 온몸의 피부는 심하게 그을렸고, 갈증으로 목구멍이 찢어지는 것 같았다. 하지만 오디세우스는 바닷물을 먹지 않았다. 바닷물을 먹으면 높은 염도 때문에 탈수 현상이 일어나 결국 죽는다는 것을 알기 때문이다. 간간이 내리는 빗물을 입 벌려 받아 마시며 버텼다.

　열흘째가 되는 날 밤에야 비로소 어느 섬에 이른 오디세우스는 잔잔한 파도에 밀려 모래톱에 몸을 뉘었다. 거의 죽기 직전의 몰골이었다. 그는 정신을 잃고 깊은 잠에 빠졌다. 언제 깨어날지 알 수 없는 그에게 한 여인이 다가왔다.

7

칼립소와의 이별

그로부터 7년의 세월이 흘렀다. 어느 섬 바닷가에서 사내 하나가 바다를 하염없이 바라보며 앉아 있었다. 바다에 무엇이 있는 것도 아니건만 사내는 혹시나 배라도 지나갈까 봐 유심히 쳐다보고 있었다. 하루 종일 바다만 바라보던 그는 마침내 해 질 무렵 고개를 숙이고 좌절했다.

"아, 오늘도 아무 소용 없이 흘러갔구나."

그의 눈에서 눈물이 떨어졌다. 몸은 건장하고 근육으로 뭉친 그였지만, 그의 마음은 이 세상 어느 누구보다 황폐했다. 고향에 가지 못해 슬픔에 사로잡힌 그의 이름은 바로 오디세우스였다. 오기기아섬에 도착한 그를 구해준 것은 이 섬의 주인인 요정 칼립소*였다. 지극한 돌봄으

로 오디세우스는 원기를 회복했지만 섬에서
빠져나갈 방법이 없어 발이 묶이고 말았다.

오디세우스가 칼립소와 함께 있으면서 아
내와 아들을 그리워하고 있을 무렵 그의 아들
텔레마코스는 이타카의 궁전에 머무르고 있
었다. 늙고 병든 아버지 라에르테스는 시골에
서 농사를 지으며 한적하게 지내고 있었다. 이
사실을 알 리 없는 오디세우스는 칼립소의 섬
에서 고통의 나날을 보내고 있었다. 이를 내려
다본 올림포스의 신들은 뜻을 모았다.

"오디세우스가 저 섬에서 살다가 죽을 운
명이 아닌데 그냥 보고만 있을 것입니까?"

제우스는 그럴 수 없다는 생각이 들었다.

"오디세우스가 고향으로 돌아갈 수 있도록
조치하라!"

신들의 전령인 헤르메스가 칼립소에게 가
기로 결정되었다. 날개 달린 신발을 신은 헤르
메스는 황금 지팡이를 들고 칼립소의 섬으로
날아갔다. 그는 하늘에서 새가 내려오듯 가볍
게 칼립소가 살고 있는 동굴 입구에 내려왔다.

아름다운 칼립소는 베를 짜고 있었다. 그녀
의 빠른 손놀림에 따라 베틀 북이 좌우로 움

여기서
잠깐!!

'감추는 자'라는 뜻의 이름을 가진 요
정이야. 출생에 관해서는 여러 가지
설이 있는데 지중해의 어느 섬에 숨
어 살다 오디세우스를 구해주었다
고 해. 7년이나 보호하며 그를 불사
의 몸으로 만들려고 노력했지. 이곳
에서 그는 오디세우스의 아들 라티
누스를 낳았다고도 하고, 나우시토
오스와 나우시노오스 두 아들을 뒀
다고도 해.

직일 때마다 아름다운 천이 짜여졌다. 동굴 주변은 더 이상 아름다울 수 없는 각종 나무들로 둘러싸여 있었다. 향긋한 삼나무와 백단나무가 타오르며 향을 피웠고, 주변에는 오리나무와 백양나무, 향나무가 아름답게 어우러져 있었다. 나뭇가지들은 활기차게 뻗어 나가고, 포도 덩굴이 가리고 있는 동굴 입구까지 네 개의 샘에서 솟아난 물들이 대지를 촉촉이 적셨다. 인간이 세상의 속박에서 벗어나 편안하게 쉬며 지내기에 이보다 좋은 곳이 없었다.

헤르메스가 내려오자 칼립소는 베틀에서 일어나 예의를 갖췄다.

"헤르메스 신이시여! 미천한 저에게 무슨 하실 말씀이 있으십니까?"

칼립소는 신들이 먹는 음식인 암브로시아와 음료인 넥타르를 내놓으며 친절하게 그를 맞았다.

"부족한 것이 있으면 말씀하십시오. 헤르메스 신이시여, 뵙게 되어 너무나 반갑습니다."

"그동안 별일 없었는가?"

"네. 어쩐 일로 이 누추한 곳까지 오셨습니까? 그냥 오셨을 리는 없을 텐데요."

"그대는 나의 전갈을 듣고 그대로 실행해야 한다. 올림포스 신들의 뜻이다."

"말씀하십시오. 기꺼이 따르겠습니다."

헤르메스는 앞에 있는 음식을 먹고 마신 뒤 신들의 뜻을 전했다.

"알다시피 나를 이곳으로 보낸 건 우리들의 아버지 제우스 신이시다. 10년에 걸친 트로이아 전쟁에서 싸워 이긴 영웅 오디세우스가 이곳에 머무르고 있다고 들었다."

"그렇습니다. 지금 바닷가에 나가 있습니다."

"오디세우스는 고국으로 돌아가는 도중에 신들의 노여움을 샀고, 그 때문에 아직까지 집으로 돌아가지 못하고 있다."

"저도 들었습니다. 포세이돈 신의 분노를 샀고 태양의 신 히페리온의 소를 잡아먹어 또다시 미움을 샀다고 합니다."

"두 신들은 오디세우스 일행을 응징하기 위해 폭풍을 일으켰다. 그 결과 모두 죽고 말았지."

"그렇습니다. 오디세우스 혼자 이 섬에 떠내려왔습니다. 그로부터 7년간 제가 돌보고 있습니다."

"그대는 운명이 정해져 있는 인간을, 때가 되면 죽어야만 하는 인간을 7년이나 이곳에 붙잡아두고 있다. 제우스 신께서는 그가 자신의 운명대로 살 수 있게 놓아주라고 명령하셨다. 이유는 오디세우스가 여기서 살다 죽을 운명이 아니기 때문이다."

"하지만 운명이라면 그도 역시 뱃사람들과 함께 죽었어야 하지 않습니까?"

"아니다. 그는 그들과 다른 운명이다."

오디세우스를 사랑하는 칼립소는 이내 슬픔에 젖어 비명을 지르듯이 절규했다.

"아아, 어찌 이럴 수가 있습니까? 외로움에 빠져 살고 있던 저에게 오디세우스가 얼마나 큰 위로가 되는지 아십니까? 올림포스산에서 내려다보시니 인간 세상의 슬픔이나 고통은 모르시는군요."

"그대가 오디세우스에게 정성을 바친 것은 잘 알고 있다."

"저는 다 죽어가는 오디세우스를 거두어서 동굴로 데려왔고 정성껏 그를 돌봤습니다. 오디세우스가 원한다면 저는 그에게 영생을 선물할 수도 있었습니다."

"그렇다고 해서 신의 뜻을 거역할 수는 없다. 칼립소, 그대가 그리 어리석지 않음을 알고 있다."

잠시 눈물을 흘리던 칼립소는 고개를 끄덕였다. 신의 뜻을 거역할 수 없었다.

"흐흑, 알겠습니다. 이제는 헤어져야 할 때가 되었군요. 신들의 뜻에 복종해야겠지요. 하지만 문제가 있습니다."

"그게 무엇인가?"

"이곳에는 배도 없고 노잡이도 없습니다. 저 먼 바다를 혼자 헤쳐 나갈 수는 없을 텐데 제가 어찌 도와주어야 합니까?"

"그대가 할 일은 그가 가도록 허락해주고, 필요한 것을 말하면 도와주는 것뿐이다. 제우스 신께서 노하시기 전에 빨리 서두르는 것이 좋을 것이다."

이별을 앞둔 칼립소는 하염없이 눈물을 흘렸다. 오디세우스는 혼자 외롭게 살던 그녀에게 최고의 남자였고 함께 사는 동안 행복했다. 한참 눈물을 흘리고 고개를 들었을 때는 이미 자신의 임무를 다한 헤르메스는 사라지고 없었다.

'아아! 오디세우스, 그대와 정녕 헤어져야 하나요.'

칼립소는 슬픔을 억누르며 마음을 진정시켰다. 아무리 그를 사랑한다 해도 신의 뜻을 거스를 수는 없었다. 칼립소는 바닷가로 나갔다. 오디세우스는 늘 그렇듯이 바위에 앉아 먼 바다를 응시하고 있었다. 언제 배가 지나갈지 알 수 없었기 때문이다. 눈은 침침하고 핏발이 서 있었다. 칼립소는 눈물을 흘리고 있는 그에게 다가가 부드러운 손길로 어깨를 두드렸다.

"오디세우스!"

"아, 칼립소, 어쩐 일로 이곳까지 나왔소?"

"더 이상 이곳에서 배를 기다릴 필요 없어요."

"그게 무슨 말이오? 나는 전에도 말하지 않았소. 나는 영생을 원하지 않는다고. 내가 원하는 것은 가족의 품으로 돌아가는 것이오."

"이곳을 떠날 때가 되었습니다. 당신을 기다리는 아내에게 돌아가세요. 내가 원하는 것이 아니라 신들의 뜻이 그러합니다."

"무슨 일이 있었던 거요?"

칼립소는 자초지종을 이야기했다. 신들이 자신을 놓아주라고 명했다는 이야기를 듣고 오디세우스의 얼굴이 환하게 빛났다.

"아, 그대가 나를 도와준다고 하니 가장 기쁜 소식이긴 하오. 하지만……."

오디세우스의 얼굴이 다시 어두워졌다.

"왜 그러시나요?"

"집으로 돌아갈 방법이 없지 않소."

"걱정 마세요. 제가 집을 지을 때 쓰던 연장과 도구가 있습니다. 그걸 내줄 테니 배를 하나 만드세요. 그 배에 실을 물과 포도주, 그리고 빵도 준비해드리겠어요. 그리고 순풍을 힘껏 밀어줄 테니 멀리 떠나세요."

슬픈 어조로 말하는 칼립소의 얼굴은 그 어느 때보다 아름다웠다. 오디세우스는 꿈인가 생시인가 싶었다.

"고맙소, 칼립소. 이 은혜는 잊지 않겠소."

기쁨에 들뜬 오디세우스가 경솔하게 행동할까 두려워 칼립소는 한마디 더 했다.

"하지만 당신이 집으로 돌아가 따뜻한 아내와 아들의 품에 안길 때까지는 여전히 많은 고난이 남아 있어요."

"알고 있소. 나는 신들의 저주를 받았으니까."

"그게 두려우시면 한 번 더 물을게요. 나와 함께 있어도 좋습니다. 하지만 여기 머무르면 아내를 만날 수는 없어요."

"고마운 칼립소, 나를 원망하지는 마시오. 나의 아내 페넬로페의 아름다움은 그대만 못하오. 그리고 때가 되면 죽어야 하는 인간이오. 죽음이 두렵다면 영생을 얻어 당신과 함께 이곳에서 영원히 사는 것이 얼마나 행복한 일이겠소. 하지만 신이나 요정의 아름다움에 겨룰 수 없고 신과 요정의 삶을 살 수도 없는 것이 인간이오. 그렇기에 나는 고향으로 돌아가고 싶소. 재난과 고통과 죽음이 있다 하더라도 나는 끝까지 버티고 싸워서 집으로 돌아갈 것이오."

"아, 역시 당신의 마음은 그렇군요."

칼립소는 체념했다. 그러고는 자신의 거처를 만들 때 썼던 연장들을 보관해놓은 곳으로 오디세우스를 안내했다.

"이 연장들은 집을 지을 때 쓰고 남은 것입니다. 쓸 만한 나무들도 많이 있으니 필요한 만큼 베어서 쓰세요."

오디세우스는 다음 날부터 작업에 들어갔다. 바닷가의 나무들 중 곧은 것들로 스무 그루를 찍어서 베어 넘어뜨렸다. 그러고는 도끼로 쪼고 다듬어 조그마한 뗏목을 만들기 시작했다. 물론 돛도 필요했다. 가장 크고 곧은 나무는 뗏목 가운데 세워 돛대로 삼았다.

칼립소는 배 짜기가 특기인 요정이라 천은 넘치도록 많았다. 튼튼한 무명천을 이어서 돛을 만들고, 통가죽을 가늘게 자르고 꼬아서 밧줄을 만들었다.

오디세우스는 나흘 동안이나 잠도 안 자고 뗏목을 만들었다. 그 모습을 보며 칼립소는 슬픔의 눈물을 흘렸다. 닷새째가 되자 나무들을 이어 붙이고 그 위에 판자를 깔아 드디어 뗏목을 완성했다. 돛을 매달아 올리고 보니 작은 뗏목이었지만 모양새가 그럴듯했다.★ 마지막으로 칼립소가 준 포도주와 물, 그리고 식량을 넣은 가죽 부대들을 싣고 단단히 밧줄로 묶었다.

"바닷바람은 춥고 싸늘합니다. 이 옷을 입으세요."

여기서 잠깐!!

뗏목으로 험한 바다를 건너는 것은 거의 불가능해. 위험이 많이 따르니까. 하지만 전혀 불가능한 것도 아닌가 봐. 태평양 폴리네시아인의 조상이 고대에 남아메리카에서 건너온 원주민이라는 것을 증명하기 위해 노르웨이의 모험가 토르 헤위에르달은 직접 뗏목을 만들어 태평양을 건너기로 결심했어. 그 배의 이름이 콘티키호야. 페루에서 무려 8000킬로미터를 항해해서 마침내 폴리네시아에 도착해 자신의 가설이 옳다는 것을 증명했지. 물론 나중에 유전학이 발달하면서 폴리네시아인들은 인도네시아에서 건너왔다는 사실이 밝혀지긴 했지. 하지만 뗏목으로 대양을 건널 수 있다는 것이 증명되었어. 그러니 오디세우스의 도전은 불가능한 게 아니야.

칼립소는 자신이 직접 만든 두툼한 옷을 한 벌 주었다. 어떤 바닷바람이 불어와도 견딜 수 있는 옷이었다. 하지만 이 배려가 사실은 무서운 위기를 불러올 줄은 꿈에도 알지 못했다. 그것이 악의에 의한 건지 선의에 의한 건지는 알 수 없었다.

"고맙소, 칼립소. 이 은혜는 절대 잊지 않겠소."

칼립소는 오디세우스를 끌어안고 뜨거운 입맞춤으로 마지막 작별 인사를 하고 동굴로 돌아갔다.

오디세우스는 뗏목 위에 올라 노를 삿대 삼아 바닥을 밀었다. 때마침 칼립소가 보내준 순풍이 불기 시작했다. 돛이 팽팽하게 부풀자 뗏목은 쏜살같이 큰 바다를 향해 나아갔다. 오디세우스는 키를 잡고 멀어지는 칼립소의 섬을 바라보았다.

망망대해로 나갈 때까지 지나가는 배나 섬은 하나도 보이지 않았다. 태양을 보고 이타카 방향으로 배를 몰았다. 서풍이 순조롭게 불어 망망대해만 건너면 이타카로 갈 수 있었다.

'부디 신들의 노여움이 미치지 않기를.'

밤이 되어도 순풍은 계속 불어왔다. 바다에서 잔뼈가 굵은 오디세우스는 별을 보며 방향을 잡았다. 칼립소는 떠나기 전에 방향을 알려주었다.

"큰곰자리를 왼쪽으로 두고 항해를 하면 이타카로 갈 수 있어요."

열흘 이상 항해가 이어졌다. 작은 뗏목을 타고 순풍에 의지하다 보니 빠르지는 않으나 꾸준히 목적지를 향해 나아갔다. 18일이 지나자 수평선 멀리 산그림자가 눈에 띄었다. 그것은 분명 육지였다.

'아, 육지가 보인다. 저기까지만 무사히 갈 수 있도록 신이시여, 은총을 내리소서!'

그대로 간다면 육지에 도착하는 데 아무 문제가 없었다. 그러나 재난은 항상 예기치 않은 곳에서 튀어나오는 법이다. 오래도록 에티오피아에 머무르고 있던 바다의 신 포세이돈이 이 무렵 다시 올림포스산으로 돌아왔다. 포세이돈은 오디세우스가 기뻐하며 섬을 향해 배를 모는 것을 보고 말았다.

"내 아들의 눈을 멀게 한 저자가 무사히 고향으로 돌아가는 것을 눈 뜨고 볼 수는 없다! 어찌하여 저자가 아직까지 살아 있는 것이냐?"

그러자 요정과 작은 신들이 말해주었다.

"올림포스의 신들이 모두 오디세우스를 응원하고 있습니다."

"이런! 내가 없는 사이에 저자를 살려두었다니. 그대로 놔둘 수는 없다. 북풍을 일으키리라!"

포세이돈이 움직이자 마침내 바다에는 다시 파도가 일렁이며 무시무시한 폭풍이 몰아쳤다. 검은 구름이 하늘을 뒤덮더니 바다가 하늘이 되고 하늘이 바다가 된 것처럼 천지가 뒤집히는 듯했다. 거센 바다는 나뭇잎 한 장만도 못한 뗏목을 두들겨 때렸다. 광풍이 불어닥치자 돛대는 그대로 부러지고 말았다. 돛도 갈갈이 찢어져 바닷속으로 가라앉았다. 키를 붙잡고 있던 오디세우스는 절규했다.

"아! 신이시여! 어찌하여 이런 고난을 주십니까?"

순간 큰 파도가 치면서 오디세우스는 물속에 빠지고 말았다. 헤엄을 잘 치는 데다 물속에서도 자유자재로 움직일 수 있는 그가 어찌 된 일인지 계속 물속으로 가라앉기만 했다. 필사적으로 헤엄쳐 간신히 물 위로 떠오르면 다시 가라앉았다. 칼립소가 만들어준 두꺼운 옷이 물귀신처럼 바닷속으로 끌어당긴 것이다. 계속 허우적대던 그는 뗏목에서 떨어져 나온 통나무 위에 간신히 몸을 걸쳤다. 그러나 다시 파도가 치자 통나무는 위아래로 사납게 흔들렸다.

"아, 신이시여! 도와주소서!"

오디세우스가 파도와 사투를 벌이는 것을 본 바다의 여신 이노★는 가만히 있을 수가 없었다. 이노는 험한 파도를 헤치고 갈매기처럼 다가와 자신이 쓰고 있던 너울을 벗어 오디세우스에게 건네주며 외쳤다.

"오디세우스! 그 칼립소의 옷을 벗어라! 옷이 무거워서 가라앉는 것이다!"

오디세우스는 한쪽 팔로 통나무를 붙잡고 나머지 팔로 옷을 벗었다. 무거운 옷은 그대로 바닷속에 가라앉았다.

"이 너울을 허리에 감아라! 물속에 가라앉지 않을 것이다."

너울을 허리에 두르자 정말 바다 위에 떠 있기가 쉬웠다.

"이 통나무는 버리고 아까 보았던 그 육지로 헤엄쳐 가거라!"

"고맙습니다, 여신이시여!"

"도착하면 너울을 바다로 던져서 나에게 돌려주면 된다! 단, 육지를 바라보고 등 뒤로 던져야 한다. 그 전에 고개를 돌려 나를 보면 너는 또다시 불행에 빠질 것이다."

신들은 인간에게 은혜를 베풀더라도 꼭 한 가지 단서를 달았다. 사소해 보이는 이것을 지키지 못해 인간들은 늘 불행의 구렁텅이로 굴러 떨어지곤 했다.

"알겠습니다!"

바다의 여신 이노는 이 말을 남기고 바닷속으로 들어갔다. 그때 포세이돈이 일으킨 파도가 다시 몰아쳐 돛대와 통나무들을 두들겼다. 뗏목이 산산이 부서져 마침내 형체도 없이 사라졌을 때 바다 위에는 이노의 너울을 두른 오디세우스만이 둥둥 떠 있었다. 허리에 감은 너울 덕분에 몸은 절대 가라앉지 않았다. 오디세우스는 팔과 다리만 저으면 되었다.

이번에는 아테나 여신이 나타났다.

"바람들이여! 멈춰라! 북풍을 제외하고 모든 바람들은 집으로 돌아가거라!"

결국 북풍이 오디세우스를 도와주었다. 그는 물결을 타고 헤엄치기 시작했다. 오디세우스는 신들의 도움을 받아 이틀 밤 이틀 낮 동안 북풍을 등에 받으며 육지 쪽으로 떠밀려 갔다. 헤엄쳤다기보다는 바람이 등을 떠밀어 준 셈이었다.

사흘째 되자 비로소 바람이 잦아들었다. 저 멀리 보이는 바위섬으로 오디세우스는 죽을 힘을 다해 헤엄쳤다. 하지만 바위섬에 도착하

여기서 잠깐!!

카드모스의 딸이야. 바다의 여신이 된 뒤로는 레우코테아라고도 불려. 이노는 '하얀 여신', '물보라의 여신'이라는 뜻이지. 아들인 팔라이몬과 함께 선원들을 돕는 일을 해. 폭풍우 속에서도 이들을 잘 이끌어주는 역할을 했어. 아마도 바닷가에 표류한 사람의 몸에 파도가 쳐서 하얀 거품이 덮이는 걸 보고 만들어낸 여신인 듯해.

는 것도 쉽게 허락되지 않았다. 섬에 다가가면 어김없이 파도가 쳐서 밀려났다. 세 번이나 역류에 휩쓸려 바다로 밀려 나갔다가 마침내 뾰족한 바위 하나를 붙잡았다. 하지만 바위가 미끄러워서 올라가지 못했다. 할 수 없이 해안선을 따라 헤엄쳐 가자 마침내 큰 강이 바다와 합쳐지는 잔잔한 모래톱이 나타났다.

"아, 저기다!"

숨이 턱까지 차오를 정도로 헤엄쳐서 나가다 보니 어느 순간 발이 부드러운 모래에 닿았다. 오디세우스는 비틀거리며 바다에서 빠져나와 파도가 닿지 않는 모래에 벌러덩 누웠다. 거의 죽기 직전이었다.

하지만 점점 희미해지는 정신을 다시 가다듬고 바다의 여신 이노의 당부를 떠올렸다.

'여기서 신들의 낚싯바늘에 다시 걸릴 수는 없다.'

여신이 분명히 등 뒤에 따라와 있을 거라 믿고 그는 너울을 풀어 등 뒤로 던졌다. 뒤에서 너울이 바로 사라지는 것을 본 뒤 오디세우스는 강을 따라 지친 몸을 이끌고 비틀비틀 걸어갔다. 하지만 고작 몇 걸음을 떼었을 뿐인데 온몸에 힘이 쭉 빠졌다.

올리브 나뭇가지들이 엉켜 있는 아름다운 숲에 들어가서야 비로소 바람이 잔잔해졌다. 이곳이라면 편안히 쉴 수 있을 것 같았다. 올리브 나무 그늘 밑으로 들어가니 바닥에는 오래된 낙엽들이 푹신하게 쌓여 있었다. 오디세우스는 그곳에 드러누워 낙엽을 덮었다. 아테나 여신이 다가와 그의 눈을 감기고 잠들게 해주었다.

8

나우시카 공주와의 만남

올리브 나무 밑에서 오디세우스가 죽은 것처럼 깊은 잠에 빠졌을 때 또 한 명의 아리따운 여인이 그 섬에서 잠을 자고 있었다. 바로 섬의 공주 나우시카였다. 아름다운 여인 나우시카는 한낮의 더위를 식히려고 반라의 몸으로 세상모르게 잠자고 있었다. 이때 아테나 여신이 공주의 친구이자 선장의 딸의 모습으로 꿈속에 나타나 말을 걸었다.

"나우시카! 어서 일어나! 너는 정말 한심하구나. 공주가 되어서는 옷을 벗어서 아무렇게나 놔두다니? 이 땅의 모든 청년들이 아름다운 너에게 눈독 들이고 있는데 이래서 되겠어? 방 안을 정리도 안 하고 어지럽히면 시집은 갈 수 있겠어? 지금 있는 옷도 제대로 정리하지 못하는데,

결혼하면 손님들이 엄청나게 많은 옷을 줄 거 아냐? 그러면 옷이 또 얼마나 늘어나겠어?"

꿈속에서 나우시카★는 정신이 번쩍 들었다.

"그럼 어떻게 해야 하지?"

"어떻게 하긴, 빨리 가서 이 옷들을 모두 빨아야지. 강으로 가서 옷을 깨끗이 빨아서 가지런히 옷걸이에 걸어놓으면 되잖아."

"좋은 생각이야. 알았어."

나우시카는 잠에서 깨어났다.

"아, 꿈이었구나."

하지만 꿈에 친구가 했던 이야기도 맞는 말이었다. 시녀들과 노느라 그동안 미뤄뒀던 빨래를 해야겠다는 생각이 들었다. 왕궁을 나가려면 아버지인 왕의 허락을 받아야 했다. 그녀는 아버지에게 가서 무릎을 만지며 말했다.

"아버지! 오랫동안 빨래를 못 했어요. 빨랫감을 싣고 강으로 가야 하니 수레 한 대만 내주세요."

왕은 흐뭇했다. 안 그래도 다 큰 딸이 게으름만 피우는 것을 염려하던 중이었다.

"그래, 우리 딸이 드디어 철이 들었구나. 내 기꺼이 허락하마."

왕은 두 마리의 나귀가 끄는 아주 잘 달리는 수레 한 대를 내주었다.

공주는 시녀들을 불러 모았다.

"얘들아, 우리 다 같이 빨래하러 강가로 나가자꾸나. 소풍을 겸해서 가는 거니까 모두들 준비해!"

시녀들은 모두 신이 났다. 이참에 답답한 궁 밖을 나가 바다와 강이 만나는 곳에서 하루 종일 놀다 올 생각이었다.

"나우시카, 나간 김에 먹도 감고 오너라! 햇살이 따가우니 목욕하고 꼭 이 올리브유를 바르도록 해!"

어머니인 왕비가 신선한 올리브유와 함께 먹을 것도 수레에 실어주었다.

나우시카는 신선한 아침 바람을 맞으며 궁을 빠져나오자 기분이 들떠서 고삐를 잡고 있는 손에 저절로 힘이 들어갔다. 나귀 두 마리가 끄는 수레에 올라 급할 거 없다는 듯 천천히 강가로 내려갔다. 재잘재잘 수다를 떨며 강변에 도착한 여인들은 맑은 물이 흘러 빨래하기 좋은 자리를 잡았다.

"얘들아, 어서 옷을 꺼내 빨도록 하자!"

산더미 같은 옷들을 꺼내 강물에 담그고 빨래를 시작했다. 널찍한 바위에 빨래를 올려놓고 발로 밟아 때를 빼냈다. 시원한 물에 발을 담그니 상쾌한 기분이 이루 말할 수 없었다. 때가 빠진 옷은 맑은 물에 여러 번 헹구고 넓은 바위 위에 펼쳐서 널었다. 바람이 끊임없이

여기서 잠깐!!

파이아케스족의 왕인 알키노오스와 아레테 사이에서 태어난 공주야. 아테나 여신이 그녀를 이용해 오디세우스를 도와주지. 나중에 오디세우스의 아들 텔레마코스와 결혼해 페르세폴리스를 낳았다는 설도 있어. 여자가 고난에 처한 남자를 도와주는 이야기 구조는 동서고금 어디든 있어. 대개 여자들이 낯선 이들을 두려워하지 않고 공감 능력이 뛰어나며 동정심이 많기 때문이야. 길을 가는 나그네에게 우물물을 떠서 버들잎을 띄워주었다는 우리의 옛이야기도 비슷해. 일본의 애니메이션 〈바람계곡의 나우시카〉로 그 이름이 널리 알려졌지.

불어와 옷은 금방 마를 것 같았다.

"얘들아, 우리 빨래가 마를 때까지 공놀이를 하자꾸나!"

노래를 부르며 공을 던지고 그 공을 받은 사람이 다시 노래를 부르는 놀이였다. 굴러가는 말똥만 봐도 웃음을 터트릴 아가씨들인지라 모두 신이 나서 공놀이를 했다. 공은 날아다녔고 노랫소리가 사방에 울려 퍼졌다.

그때 아테나 여신이 공놀이에 살짝 끼어들었다. 나우시카가 노래를 부르며 공을 던졌으나 살짝 비껴 날아가면서 시녀가 놓치고 말았다. 공은 나무숲 쪽으로 굴러갔다.

"어머, 빨리 가서 주워 오렴!"

"네!"

시녀는 자신을 보며 웃는 사람들을 등 뒤로 하고 공을 주우러 달려갔다. 그 소리에 올리브 나무 밑에서 깊은 잠에 빠져 있던 오디세우스가 깨어났다. 처음에는 자기가 어디에 와 있는지, 어떤 상황인지 전혀 짐작하지 못했다. 이윽고 여인들의 목소리를 듣고 정신을 차렸다. 그는 낙엽 사이에서 몸을 일으켜 주위를 두리번거렸다. 처녀들이 웃으며 공놀이하는 모습을 보고 오디세우스는 안심했다.

"그래, 저 처녀들에게 도움을 구하면 좋겠다."

그는 알몸인 채로 나갈 수 없어서 올리브 나뭇가지를 하나 꺾어서 몸을 대충 가리고 주춤주춤 걸어 나갔다.

"까아악!"

공을 주우러 왔던 시녀는 오디세우스를 보자 깜짝 놀라 뒤로 물러났다. 비명 소리를 듣고 다른 시녀들과 나우시카도 달려왔다. 그들도 오디세우스를 보자마자 경악했다. 그도 그럴 것이 오랜 시간 바다에서 떠돌았던 오디세우스는 차마 눈 뜨고 볼 수 없는 처참한 몰골이었다. 온몸은 찢기고 베인 상처투성이인 데다 피가 흐르다 굳은 자국이 그대로였다. 오랜 배고픔과 고생으로 광대뼈는 툭 튀어나오고, 마구 자란 머리카락은 소금이 허옇게 붙은 채 뒤엉켜 있었다. 그야말로 바다에서 나온 괴물 같았다.

"공주님, 도망가세요! 위험해요! 괴물이에요!"

시녀들이 비명을 지르며 도망가려 했지만 나우시카는 침착한 눈으로 오디세우스를 바라보았다. 공주는 오디세우스가 자신을 해치지 않으리라는 것을 알고 있었다. 오디세우스는 낮은 걸음으로 기듯이 다가가 공주의 무릎을 어루만지며 애원하고 싶었다. 누군가에게 간청할 때는 상대의 무릎을 만지며 처분을 맡기는 것이 당시의 풍습이었다. 하지만 너무 가까이 다가가면 공주가 놀라 도망갈까 봐 그럴 수 없었다. 오디세우스는 저만치 떨어져서 자세를 낮추고 말했다.

"아름다운 아가씨! 그대는 여신이십니까? 아니면 인간 세계의 여인인가요?"

"저는 나우시카입니다."

"아, 그러시군요. 당신이 사람이라면 당신의 아버지와 어머니와 오라버니들은 진정으로 행운입니다. 당신과 같은 아름다운 여인이 춤추고 같이 밥을 먹으며 노래하는 것을 볼 수 있으니까요."

나우시카는 오디세우스가 말하는 투나 내용이 상스럽지 않고 기품이 있는 것으로 보아 신분이 높은 사람이라는 것을 알 수 있었다. 그녀가 부드러운 미소를 짓자 때를 놓치지 않고 오디세우스는 듣기 좋은 말을 이어나갔다.

"하지만 가장 행복한 사람은 아가씨와 결혼하여 사랑을 차지할 분입니다. 그 젊은이는 도대체 누구일까요? 저는 아가씨처럼 완벽하게 아름다운 여인을 본 적이 없습니다."

"그럴 리가 있습니까? 세상은 넓고 아름다운 여인들은 얼마든지 많은데요."

"델로스섬에서 아름다운 종려나무가 그렇게 보이긴 했지만 저는 아가씨의 아름다움이 아니라 아가씨의 따뜻한 마음씨에 도움을 청하고 싶습니다."

오디세우스는 살기 위해 필사적으로 말을 다듬어 내뱉었다.

"보아하니 어려움에 빠지신 거 같은데 말씀해보시지요!"

"저는 폭풍에 시달리며 며칠째 바다를 떠돌다 이곳에 닿았습니다. 언제 여기에 왔는지는 모르겠습니다. 아마 저를 보호해주는 신이 이곳으로 데려다준 것 같습니다. 간곡히 묻겠습니다. 이곳은 도대체 어디인가요? 어떤 불행이 저를 기다리고 있는 것일까요?"

나우시카는 이 섬에 대해 자세히 설명해주었다.

"오, 다행입니다. 사람이 살고 있고, 왕궁도 있는 곳이군요. 그렇다면 저에게 자비를 베풀어주십시오. 이 몰골로는 어디 갈 수가 없으니 헌옷 한 벌만 주시고 가까운 마을이 어딘지 알려만 주신다면 제가 가서 그들에게 신의 자비를 구하겠습니다. 아가씨께서는 신의 은총을 받으시고 그 따뜻한 마음씨로 좋은 배필을 맞이하셔서 행복한 가정을 꾸리시기를 축원드립니다."

나우시카는 이제 완전히 경계심을 풀고 다정하게 말했다.

"나그네는 나쁜 분이 아닌 것 같습니다. 말씨를 보아하니 귀족이로군요. 당신이 이곳에 온 것은 신의 뜻이 분명합니다. 제가 도와드리겠습니다. 당신께 옷을 드리고, 마을로 안내하겠습니다."

"오, 감사합니다!"

"이곳은 스케리아섬입니다. 이 섬을 다스리는 파이아케스족의 알키노오스 왕이 바로 저의 아버지입니다."

"오, 공주님이시군요. 지체 높으신 분이라고 짐작했습니다."

오디세우스는 왕의 딸을 만난 것을 행운으로 여겼다. 공주는 저만치 도망가 나무 뒤에서 사태를 지켜보고 있는 시녀들에게 소리쳤다.

"얘들아, 뭐 하고 있니? 어서 와서 이 가엾은 나그네를 도와주자! 이 섬은 배도 한 척 지나가지 않는 곳이야. 나쁜 사람이 온 적이 한 번도 없는데 뭘 두려워해?"

시녀들이 웅성거리며 다가왔다.

"일단 입을 옷부터 한 벌 드려라!"

시녀들은 쭈뼛대며 옷 한 벌을 들고 오디세우스에게 다가왔다.

"우리를 따라오세요!"

시녀들은 바람이 불지 않는 오리나무 숲으로 오디세우스를 데려가 옷과 몸에 바를 올리브유를 주었다.

"감사합니다. 잠시 자리를 비켜주십시오."

시녀들이 물러가자 오디세우스는 강둑 아래로 내려가 흐르는 강물에 온몸을 깨끗이 씻었다. 머리에 붙어 있던 소금기도 씻어내고 피부에는 올리브유를 발랐다. 푸석푸석한 머리에도 올리브유를 발라 곱게 넘겼다. 곱슬머리가 다시 살아나고 반짝반짝 윤이 났다. 오디세우스는 시녀들이 준 옷을 걸치고 강둑으로 올라갔다.

"어머! 세상에."

나우시카와 시녀들은 오디세우스를 보고 깜짝 놀랐다. 조금 전 바다에서 나온 괴물 같은 모습은 사라지고 없었다. 탄탄한 근육이 붙은 몸매에 귀족의 고상함을 풍기는 잘생긴 얼굴을 보는 순간 나우시카는 가슴이 마구 설레었다.

"얘들아, 빨리 먹을 것을 드려라! 저분이 이곳에 온 것은 신의 뜻이야. 신도 저렇게 늠름할 수는 없을 거야."

나우시카는 나이는 들어 보였지만 저 사람을 신랑으로 삼고 싶다는 마음이 문득 들었다. 시녀들은 간식으로 먹던 음식을 건네주었다. 먹고 남은 것들이었지만 오디세우스에게는 진수성찬이나 다름없었다. 며칠을 굶주린 그에게는 꿀맛이었다. 그동안 시녀들은 마른 빨래를 차곡차곡 개어 수레에 실었다. 풀을 뜯고 있던 나귀에 수레를 매어서 돌아갈 준비를 했다.

공주는 수레에 타고 나귀의 고삐를 잡은 뒤 오디세우스를 불렀다.

"나그네여, 이리 가까이 오십시오!"

"네, 공주님!"

오디세우스가 공손하게 수레에 다가서자 나우시카는 말했다.

110

"저희는 이제 돌아가야 합니다. 제 말씀을 잘 듣고 그대로 따라 하세요. 여기서부터 경작지를 지나갈 때까지는 우리와 함께 가셔도 됩니다. 하지만 마을과 항구가 나오면 보는 눈이 많으니 우리 일행에서 떨어져 백양나무 숲으로 들어가세요. 그곳은 아테나 여신의 숲입니다. 우리가 궁전으로 들어갈 때까지 그곳에서 시간을 보내세요. 제가 낯선 남자와 같이 궁에 들어가면 아버지께서 좋아할 리 없으니까요."

"맞습니다. 제가 왕이어도 기분 나쁠 것입니다."

"우리가 궁에 들어가고 나면 마을로 내려오세요. 사람들이 알려줄 겁니다."

"궁에 문지기가 있지 않겠습니까?"

"아버지께서는 궁을 항상 열어놓고 계세요. 누구나 들어올 수 있습니다. 연회장으로 바로 들어오세요."

"연회장까지요?"

"그렇습니다. 연회장의 화로 옆에 앉아 계시는 분이 바로 우리 어머니랍니다. 어머니는 격이 없으신 분이어서 시녀들과 함께 거기에 앉아 뜨개질을 하십니다. 바로 옆의 큰 의자에 아버지가 앉아 계시죠."

"그럼 왕께 먼저 인사드려야 하지 않습니까?"

"아버지를 지나쳐 어머니께 먼저 인사하시고 도움을 청하세요. 고향으로 돌아갈 배를 내달라고 하셔도 됩니다. 어머니의 마음만 움직이면 아무 문제 없어요. 어머니는 자비로운 분이시니까요."

"알겠습니다."

오디세우스는 최고의 예를 갖춰 허리를 숙였다.

"말씀하신 대로 하겠습니다, 공주님."

"이랴!"

나우시카는 채찍으로 나귀를 때렸다. 수레는 덜컹거리며 앞으로 나갔고, 오디세우스와 시녀들은 그 뒤를 따랐다.

해 질 무렵 백양나무 숲에 도착하자 오디세우스는 어둠을 타고 숲으로 스며들었다. 아테나 여신의 숲에는 신전이 있었다. 오디세우스는 무릎을 꿇고 아테나 여신에게 감사의 기도를 올렸다.

'여신께서 도와주셔서 살았습니다. 이제 당신이 이끄는 대로 저들의 도움을 받겠습니다. 감사합니다.'

그는 파이아케스족에게 도움받을 수 있도록 해달라고 기도했다. 이윽고 어둠이 짙게 드리울 때쯤, 오디세우스는 궁전이 있는 마을로 걸음을 옮겼다. 공주는 벌써 궁전에 도착했을 것이 분명했다.

아테나 여신은 이곳에 내려와 오디세우스를 보호하기로 했다. 마을 사람들의 눈에 띄어서 좋을 것이 없었다. 여신은 물동이를 든 처녀로 변장하고 오디세우스를 기다렸다. 오디세우스는 자연스럽게 그녀에게 다가가 물었다.

"궁전이 어디에 있습니까? 저는 여기 사람이 아니라 잘 모릅니다. 먼 나라에서 왔습니다."

처녀로 변신한 아테나 여신이 대답했다.

"저를 따라오세요. 제가 알려드릴게요. 하지만 이곳에서 다른 사람들과 이야기를 나누지는 마세요."

"왜 그렇습니까?"

"이들은 대개 포세이돈을 섬기는 뱃사람들입니다."

포세이돈이라는 말을 듣자 오디세우스는 자신이 어떻게 행동해야 할지 바로 알아차렸다. 아테나 여신이 앞장서자 오디세우스는 바짝 붙어 따라갔다. 저녁 무렵이 되어 사람들이 분주히 오갔지만 아무도 오디세우스의 존재를 눈치채지 못했다. 여신이 오디세우스를 투명 망토로 가려주었기 때문이다.

궁전 문 앞까지 왔을 때 아테나 여신은 홀연히 사라졌다. 오디세우스는 크게 심호흡을 한 번 했다. 자칫 목숨이 왔다 갔다 할 수 있는 상황이었다.

용기를 내어 궁전으로 들어가자 뜰에는 석류와 사과, 배 등이 주렁주렁 달린 나무들이 가득했다. 포도나무와 올리브 나무, 무화과나무도 있었다. 손만 뻗으면 먹을 것이 있는 그야말로 지상낙원이었다. 샘물이 콸콸 솟아 나무를 축여주었고, 덩달아 새들의 노랫소리도 귀가 따가울 정도였다.

아름다운 정원을 지나 오디세우스는 밝은 등이 늘어서 있는 하얀 건물 안으로 들어섰다. 사람들은 여전히 오디세우스의 모습을 볼 수 없었다. 아테나 여신의 투명 망토가 계속 그를 감싸고 있었다.

연회장에서 왕은 신하들을 거느리고 저녁 식사를 하고 있었다. 왕의 옆에는 시녀들과 함께 앉아 뜨개질을 하는 왕비의 모습이 보였다. 오디세우스는 연회장을 가로질러 바로 왕비 앞으로 다가가 무릎을 꿇었다. 그가 무릎을 꿇자 아테나 여신은 투명 망토를 치워주었다. 갑자기 그의 모습이 나타나자 연회장에 있던 사람들은 깜짝 놀랐다. 그가 들어오는 것을 아무도 보지 못했기 때문이다.

"저자는 어디서 갑자기 나타난 거지?"

오디세우스가 왕비의 무릎을 만지며 하소연을 시작했다.

"왕비님, 불행하게도 신의 노여움을 사서 폭풍에 떠밀려 온 나그네이옵니다. 저를 도와주시기를 청원합니다. 제가 바라는 것은 오로지 고향으로 돌아갈 배 한 척입니다. 이 불쌍한 나그네는 고향의 벽난로 앞에 앉아보는 것이 소원인데, 20년이 넘도록 고향에 돌아가지 못하고 있사옵니다."

인자한 왕비는 오디세우스를 내려다보며 부드러운 목소리로 물었다.

"참으로 불쌍한 사람이로군요. 그대의 이름은 무엇이고, 고향이 어디인가요?"

그때 왕은 웬 낯선 사내가 왕비 앞에 무릎을 꿇은 채 말을 거는 것을 보고 다가와서 말했다.

"내 궁전은 누구든 환영하오. 왕비의 질문에는 천천히 대답해도 되오. 배가 고플 테니 일단 음식부터 드시오."

인심 좋은 왕이었다. 오디세우스가 반짝거리는 의자에 앉자 시녀들이 손 씻을 물과 음식들을 내왔다. 두툼한 고기와 포도주, 여러 가지 과일들이 눈앞에 놓였다. 갓 구운 빵도 있었다. 오디세우스는 아직 자신의 정체도 밝히지 못했지만 진수성찬의 유혹을 이기지 못했다.

'그래, 일단 먹고 보자.'

오디세우스는 신하들과 함께 앉아 음식을 먹었다. 낮에 나우시카에게 얻어먹은 음식은 겨우 허기를 면할 정도였다.

두어 시간 동안 배불리 식사를 하고 모두 집으로 돌아갔다. 하인들이 음식을 치우고 나자 큰 연회장에는 오디세우스와 알키노오스 왕 그리고 아레테 왕비만이 남았다.

왕비가 말했다.

"자, 이제 그대의 이야기를 듣고 싶어요. 그대는 누구입니까?"

"저는 트로이아 전쟁의 낙오자입니다."

"아, 귀환 중이셨군요."

"맞습니다. 고향으로 돌아가는 길이었습니다."

오디세우스는 자신이 뱃길을 잘못 들어선 이야기와 온갖 고초를 겪은 이야기를 들려주었다. 그리고 뗏목을 만들어 바다로 나왔다가 이 섬에 오게 된 이야기까지 모두 털어놓았다.

"용서하십시오. 사실은 강변에서 공주님을 먼저 만났습니다. 공주님께서 저에게 옷도 주시고 먹을 것과 올리브유도 주셨습니다."

"아하 이런, 내 딸이 실수를 했군요. 나그네를 그곳에 버려두다니. 바로 나에게 데려왔어야 했는데. 내 딸은 그대가 처음으로 도움을 요청한 사람이니 내 딸이 그대를 도울지 말지를 결정할 수 있소."

처음 만난 사람이 도와주는 것이 이곳의 풍습이라는 뜻이었다. 오디세우스는 재빨리 간청했다.

"따님이 잘못한 것은 없습니다. 공주님께서 저에게 따라오라고 이르셨습니다. 허나 낯선 자가 어찌 여인들과 함께 오겠습니까? 제가 스스로 숲으로 들어가 해 질 무렵까지 기다렸다 온 것입니다. 제가 공주님과 같이 온다면 자칫 전하의 노여움을 살지도 모르는 일 아닙니까? 처녀의 아버지는 늘 의심의 눈초리로 남자들을 보는 법이지요."

"하하하! 당신은 역시 지혜로운 자로군. 하지만 나는 마음만 맞고 능력만 된다면 그대 같은 나그네에게도 내 딸을 줄 수 있소. 내 딸이 마음에 들어 이곳에 머물고 싶다면 나는 그대를 사위로 삼고 새집도 지어줄 수 있소."

그 말을 듣자 오디세우스는 말했다.

"사실 저는 고향에 아내와 아들이 있습니다."

왕은 오디세우스가 아내를 행복하게 해줄 만큼 지혜로운 자라는 것을 알 수 있었다. 근심스러운 얼굴로 먼 곳을 바라보는 그를 보고 이곳에 머무르지 않을 사람이라는 것도 알았다.

"알겠소. 기어이 고향으로 돌아가야겠다고 한다면 기꺼이 배 한 척을 내주겠소. 그리고 가장 힘이 좋은 노잡이들도 붙여주지."

옆에서 듣고 있던 왕비는 피로한 기색이 역력한 오디세우스를 보더니 말했다.

"그런 이야기는 천천히 하세요. 벌써 밤이 늦었습니다. 잠자리에 들 시간이에요."

"아, 벌써 시간이 이렇게 되었군."

왕비는 시녀들에게 오디세우스의 잠자리를 봐주라고 명했다. 시녀들은 쾌적한 방으로 그를 안내했다. 그리고 침대에 융단을 깔고 푹신한 베개도 가져다주었다. 오디세우스는 오랜만에 제대로 된 방에서 편안하게 이불을 덮고 잠을 잘 수 있었다.

9

텔레마코스의 모험

오디세우스가 간신히 목숨을 건지며 이섬 저섬을 떠돌고 있을 때 고향집에서는 어떤 일이 벌어지고 있었을까? 이타카에 남아 있는 가족은 아내인 페넬로페와 오디세우스가 떠날 때 아기였던 아들 텔레마코스였다. 아버지 없이 자란 텔레마코스는 세월이 흘러 성인이 되었는데도 아버지의 소식을 듣지 못했다. 이타카 사람들은 오디세우스가 전쟁에서 죽었을 거라고 수군댔다.

"살아 있다면 지금까지 돌아오지 않을 리가 없어. 전쟁은 진작에 끝났다고 하는데."

"그러게 말이야. 우리 대왕님은 죽은 게 확실해."

"이 나라는 어떻게 될 것인가?"

이런 소문은 오디세우스의 어머니 안티클레이아에게 독약처럼 퍼졌다. 그녀는 아들이 죽은 줄 알고 슬픔에 잠긴 채 애타게 그리워하다 세상을 떠났다. 아버지 라에르테스는 이미 병들고 나이가 들어 시골의 작은 장원에서 농사지으며 은둔생활을 했다. 이후로 이타카의 실질적인 지배자는 페넬로페 왕비였다. 아들 텔레마코스는 이타카를 다스리기에 아직 어렸다.

오디세우스가 강력한 힘으로 이타카를 통치하다 전쟁에 참전하자 왕이 자리를 비운 틈을 타서 새파랗게 어린 귀족들과 청년들이 서서히 자신들의 세력을 확대해나갔다. 한마디로 건달 같은 귀족이었다.

"오늘도 잔치를 벌여보세!"

"그러자고! 우리는 이 성의 주인이나 마찬가지 아니겠는가?"

젊은 귀족들은 오디세우스의 궁전에 매일 드나들며 방자한 행동을 일삼았다.

"페넬로페와 결혼만 하면 나는 이타카의 왕이 되는 것이지. 그럼 모든 것이 내 손아귀에 들어오는 거야."

"흥, 무슨 소리야? 나야말로 페넬로페와 결혼할 걸세."

구혼자들은 아름다운 왕비 페넬로페와 결혼할 꿈에 부풀어 그녀의 곁에서 맴돌았다. 오만 방자한 귀족들은 섬을 제대로 통치하기보다는 매일 잔치를 벌여 오디세우스의 가축과 재산을 축냈다. 창고에 있는 포도주는 다 그들의 목구멍으로 넘어갔고, 가축들은 모두 고기가 되어 그들의 배 속으로 들어갔다.

"페넬로페가 나에게 시집 올 때까지 이곳에 머무를 것이오."

"우리 가운데 하나를 선택하시오!"

"우리는 당신의 남편이 될 준비가 되어 있소."

아직 남편이 죽었는지 살았는지도 확실하지 않은 상황에서 왕비에게 결혼을 강요하고 있었다. 하지만 그들을 몰아낼 수는 없었다. 그들은 대대로 이타카섬의 귀족이었기 때문이다.

그들은 수시로 페넬로페에게 와서 청혼을 했다.

"아름다운 왕비, 나의 신부가 되어주시오. 오디세우스는 이제 잊을 때도 되지 않았소?"

"당신의 배필은 나요. 젊고 힘이 센 나야말로 충분히 이타카를 다스릴 수 있소."

교양 있고 우아한 왕비 페넬로페는 그들 앞에서 대놓고 싫은 표정을 짓지는 않았다. 그저 할 수 있는 약속은 하나뿐이었다.

"여러분의 은혜와 호의에 감사드립니다. 하지만 남편이 죽었다 해도 저는 다른 할 일이 있습니다."

"그것이 무엇이오? 빨리 말하시오!"

"라에르테스 상왕께서 돌아가시면 마지막으로 제가 짠 수의를 입혀드려야 합니다. 수의가 완성되면 그때 여러분 중 한 분을 골라 결혼하겠습니다."

"정말이오? 늙은 상왕이 죽기만 하면 우리에게 시집온다는 것이오?"

"그렇습니다. 그러니 좀 기다려주십시오."

페넬로페는 그렇게 시간을 벌었다. 귀족들은 시간이 빨리 흘러 라에르테스*가 죽기만을 바랐다. 낮 동안 페넬로페는 자신의 처소에서 베틀에 실을 걸고 열심히 베를 짰다. 베틀 북을 움직여 한올 한올 실을 짜서 천을 만드는 것은 오랜 시간이 걸리는 일이었다. 귀족들은 그녀가 베 짜는 모습을 보면서 술을 마시고 즐겼다. 그러더니 나중에는 자신들의 집으로 돌아가지도 않고 궁에 눌러앉아 멋대로 궁녀들을 희롱하기도 했다. 오디세우스는 이미 죽었고, 머잖아 자신들이 궁전을 차지할 것이라고 여겼기 때문이다.

밤이 되면 페넬로페는 베틀로 다가가 하루 종일 짠 천의 실을 풀어냈다. 그러니 아무리 세월이 흘러도 수의는 결코 완성되지 않았다. 그럴수록 축나는 것은 궁궐의 재산이었지만, 페넬로페가 할 수 있는 최선이었다.

그런데 왕비에게 구혼하는 귀족과 눈이 맞은 궁녀가 왕비를 배반하고 비밀을 폭로해버렸다.

"왕비님은 밤에는 베를 풀고 낮에는 베를 짜면서 여러분을 속이고 있습니다."

"그게 정말이냐?"

이 사실은 곧 구혼자들에게 알려졌다. 그들은 당번을 정해서 눈에 불을 켜고 페넬로페가 베를 짜는지 안 짜는지 감시했다. 페넬로페는 울며 겨자 먹기로 베를 짜는 수밖에 없었다.

"아! 오디세우스 님, 어디 계십니까? 저에게 이런 모진 고난을 주고, 당신은 살아 있습니까, 죽었습니까?"

페넬로페는 눈물을 흘리며 베를 짰다. 이런저런 핑계를 대서 결혼 상대자를 고르지 않으려고 했지만 귀족들의 요구는 점점 더 거세졌다. 심지어 먼 나라에서도 젊은이들이 페넬로페에게 장가를 들겠다고 합류하는 지경에 이르렀다.

신들도 오디세우스의 궁전에서 벌어지는 사태에 주목했다. 평소에 오디세우스를 총애하던 아테나가 신들에게 하소연했다.

"신들이시여! 지금 오디세우스는 요정 칼립소의 섬에 붙잡혀 있지 않습니까?"

그때 오디세우스는 칼립소의 섬에서 세월을 보내고 있었다.

"칼립소가 오디세우스를 사랑해서 영원히 자신의 것으로 만들고 싶어 하지만 오디세우스가 사랑하는 것은 자신의 고국과 가족이 아닙니까?"

신들은 모두 고개를 끄덕였다. 오디세우스야말로 신들도 넘보기 힘든 강한 의지와 고향에 대한 사랑을 품고 있는 영웅임을 그들도 알고 있었다.

"오디세우스의 궁전을 보십시오! 날도둑 같은 젊은이들이 재산을 축내고 아내를 가로채려 하고 있습니다. 그대로 보고 있을 수만은

여기서
잠깐!!

데우칼리온의 일족으로 오디세우스의 아버지야. 일설에 의하면 오디세우스를 시시포스의 아들로 보기도 해. 라에르테스가 아우톨리코스의 딸인 안티클레이아와 결혼했다고 하는데 그녀는 이미 시시포스와 결합한 적이 있어서 그런 말이 나오는 거야. 아들이 전쟁에 나가 있는 동안 그는 슬픈 시절을 보내. 시골로 물러나 세상일에는 일체 관여하지 않으며 지냈지.

텔레마코스

오디세우스의 아들이야. 오랜 시간 동안 자신이 어릴 때 떠나 얼굴도 잘 모르는 아버지가 돌아오길 기다렸고, 마침내 아버지를 찾기 위해 용기를 내서 여행을 떠났어. 그리고 고국으로 돌아온 아버지와 함께 어머니에게 몰려온 구혼자들을 다 무찌르지. 어려움 속에서도 가족에 대한 사랑과 희망을 잃지 않은 그를 통해 인내와 가족에 대한 믿음이 얼마나 중요한지 배울 수 있어.

없으니, 이타카로 가서 아들인 텔레마코스를 설득하겠습니다. 헤르메스 신이시여! 칼립소에게 가서 제발 오디세우스를 보내달라고 명하세요. 이제 오디세우스를 제자리로 돌려보내야 하지 않겠습니까? 그것이 신의 뜻이라고 전하면 칼립소도 받아들일 것입니다."

포세이돈을 제외하고 나머지 신들은 모두 고개를 끄덕였다.

"맞다. 오디세우스는 충분히 고난을 겪었으니, 이제 그만 고향으로 보내줘라."

제우스의 명령이 떨어졌다. 하지만 포세이돈은 외면하고 있었다. 자기 아들의 원수를 끝까지 용서하지 않겠다는 것이었다.

포세이돈이 올림포스를 비운 사이에 아테나는 이 문제를 처리하기 위해 재빨리 움직였다. 이타카로 내려간 아테나는 오디세우스의 친구인 멘테스★로 둔갑하고 궁전으로 스며들었다. 귀족들은 여전히 패악을 부리고 있었다. 그들은 궁전 입구부터 여기저기 황소 가죽을 깔고 앉아 각종 놀이에 빠져 있었다. 그들 옆에는 궁녀들이 갖다 주는 향긋한 포도주와 먹음직스러운 안주들이 놓여 있었다.

여기서 잠깐!!

이타카 사람으로 안키알로스의 아들이면서 오디세우스의 충실한 벗으로 아들을 그에게 맡기고 전장으로 떠났어. 텔레마코스가 용기 있는 젊은이로 성장한 건 멘테스 덕분이지. 멘토르라고도 하는데, 오늘날 '스승', '지도자', 혹은 경험이 없는 사람을 도와주는 신뢰할 만한 조언자를 의미하는 멘토가 여기서 유래했지.

"어서 던져! 내 차례라고! 하하하!"

그들은 술에 취해 노래를 부르기도 하고 하릴없이 뒹굴거리기도 했다. 텔레마코스는 멀리 떨어져서 그들을 지켜보았다. 그는 자신의 궁에서 행패를 부리는 귀족과 청년들을 보면서도 어쩌지 못했다. 아테나는 자기 집에서 천덕꾸러기가 된 오디세우스의 아들을 보니 측은한 마음에 눈물이 날 지경이었다.

아테나가 나그네의 모습으로 나타나자, 텔레마코스는 주인답게 다가와 물었다.

"나그네시여, 안으로 드시지요. 저희 집에서 쉬다 가십시오."

텔레마코스는 그가 변장한 아테나 여신임은 꿈에도 생각하지 못했다. 작은 방에 안내된 아테나는 휴식을 취하며 주변을 살폈다. 저녁 식사 시간이 되자 구혼자 패거리들이 몰려들었다. 텔레마코스는 나그네로 변장한 아테나에게도 자리를 내주었다.

"여기 앉아서 식사하시면 됩니다. 저자들은 신경 쓰지 마십시오."

"고맙습니다, 왕자님."

하인과 궁녀들이 음식과 포도주를 차리자, 텔레마코스는 조용히 나그네의 귀에 속삭였다.

"죄송합니다. 제가 주인이지만 구혼자 패거리들을 쫓아내지 못하고 있습니다. 저의 아버지가 돌아가셨다면 결국 저들 중에 한 사람이 저의 새아버지가 될 것입니다."

"참으로 안타깝구려. 아버지의 생사를 모른다니. 그대의 이름은 무엇이오?"

나그네로 변장한 아테나 여신이 물었다.

"저는 텔레마코스입니다. 그런데 어르신은 어디서 온 누구이십니까? 이타카에서는 못 뵙던 분입니다."

"나는 그대의 아버지 오디세우스의 오랜 친구 멘테스네."

"아버지의 친구이십니까?"

"그렇네. 지금 키프로스로 구리★를 사러 가는 길인데 지금쯤이면 오디세우스 왕이 돌아왔을 거라고 생각해서 들렀건만……."

"그러시군요. 저희 아버지는 아직 돌아오지 않으셨습니다."

"트로이아 전쟁에서 살아남아 고향으로 떠났으니, 지금쯤 돌아와 있을 줄 알았는데."

텔레마코스의 얼굴이 환해졌다.

"아, 저의 아버지가 무사히 떠나시는 것을 보셨습니까?"

"그렇네."

아버지가 살아 있다는 말에 텔레마코스의 얼굴이 밝아지자 멘테스는 말을 이었다.

"저렇게 횡포를 부리는 자들을 왜 가만히 놔두는 것인가?"

여기서 잠깐!!

구리가 왜 중요한 물건이었을까? 바로 이때가 청동기문명이 발달했던 시기였기 때문이야. 이들이 쓰는 칼이나 창, 방패는 다 구리 합금인 청동이나 황동으로 만든 거야. 그러니 구리는 오늘날의 철처럼 중요한 재료였지. 에게문명에는 그리스 본토에서 발생한 미케네문명과 크레타 섬에서 피어난 크레타문명이 있었어. 나중에 미케네문명이 크레타문명을 멸망시키고 통합을 이루었지만 그리스 북쪽에서 더 강력한 무기를 가지고 온 도리아인들에게 밀려나지. 그들은 철기문명을 가지고 있었기에 상온에서 가공한 청동보다 열처리한 철의 강도가 다섯 배 정도 더 강해. 철검으로 청동검을 치면 무 잘리듯 끊어지고 말지.

"저에게는 힘이 없습니다."

"이타카 사람들을 모아서 저자들의 버르장머리를 고치게. 그리고 아버지의 소식이 궁금하다면 튼튼한 배를 타고 직접 바다에 나가 찾아보게. 가만히 앉아 아버지가 돌아오기만을 기다리는 것은 아들의 도리가 아니네."

"맞습니다. 저는 너무나 부끄러운 아들입니다."

텔레마코스가 눈물을 닦고 고개를 들자 멘테스의 모습은 온데간데 없이 사라졌다. 텔레마코스는 그제야 멘테스가 아테나 여신의 현신이었음을 알았다.

"아! 신께서 나를 응원해주시는구나. 당장 아버지를 찾으러 떠나야겠어. 맞아. 이곳에서 구혼자 패거리들에게 시달리며 살 수는 없지."

그날 밤 연회가 끝나고 모두 잠자리에 들자 텔레마코스는 측근들을 불러서 말했다.

"나는 그동안 못난 아들이었다. 내가 비겁하고 겁이 많아 저들이 우리 왕궁을 이렇게 어지럽히고 있는데도 가만히 있을 수밖에 없었다."

텔레마코스는 당당하게 자신의 생각을 말했다.

"하지만 더 이상 저들을 두고 볼 수 없다."

그 자리에 있던 백성들과 지지자들은 모두 한탄했다.

"왕자님! 저희가 도움이 못 되어 죄송합니다. 괴로운 심정은 저희도 충분히 이해하고 있습니다. 하지만 저들과 맞서 싸울 수가 없습니다. 저 귀족들은 수많은 병사들을 거느리고 있지 않습니까?"

무언가를 해보려고 해도 현실의 벽은 너무나 굳건했다. 텔레마코스의 마음이 흔들리자 그날 밤 아테나 여신이 다시 나타났다.

그는 아테나 여신에게 하소연했다.

"아, 저의 힘이 너무나 미약한데 어찌하면 좋습니까?"

"걱정하지 말고 내가 말한 대로 하라! 아버지의 소식을 듣고 싶다면 그대의 뜻을 이룰 것이다."

용기를 얻은 텔레마코스는 다음 날 스무 개의 노가 달린 갤리선*을 만들라고 명령을 내렸다. 그가 배를 만든다는 소식을 듣고 구혼자 패거리들이 몰려왔다.

"어린 왕자님께서 무슨 일을 하시려고 그러시나? 배를 만들다니, 설마 우리에게 저항하려는 것입니까?"

그들은 여차하면 무력으로 권력을 빼앗겠다는 듯이 젊은 텔레마코스를 둘러싸고 위협하듯 물었다.

"아니오. 나는 여러분에게 저항하려고 배를 만드는 것이 아니오."

"그럼 뭐하러 배를 만드는 것입니까?"

"아버지가 돌아오시지 않으니 직접 나가서

여기서 잠깐!!

트리에레스라고도 하는 3단 갤리선이야. 지중해의 여러 나라에서 만들어 타던 배야. 트리(tri)라는 말 그대로 3단짜리 배인데, 맨 아래 1단과 2단은 노 젓는 곳이고 3단이 기거하는 방이야. 두 개의 단에서 노를 이중으로 저으니 아주 빠르고 돛까지 달면 더 빨라지지. 이런 배가 유럽과 아시아를 항해했어. 원래는 2단이었는데 3단으로 발전했지. 이 무렵에는 2단이었을 거야.

무슨 일이 있는지 알아보고 아버지를 찾아보려고 하오. 이 배를 타고 네스토르 왕과 메넬라오스 왕에게 가서 아버지의 소식을 듣고 싶소. 그러니 나를 말리지 마시오!"

구혼자 패거리들은 오히려 좋아했다. 아무리 어리고 힘이 없다 한들 왕자가 이타카에 남아 있는 한, 자신들이 페넬로페와 결혼하는 데 걸림돌이었다.

"허허! 그거 참 용감한 아들입니다. 왕자님의 앞날에 행운이 깃들기를 바라겠습니다. 무사히 돌아오십시오."

구혼자 패거리들은 앞에서는 응원하고 돌아서서 비웃었다.

"하하! 바다를 우습게 아는 모양이군. 얼마 지나지 않아 자기 아버지처럼 배가 난파돼서 죽을 거야."

어머니 페넬로페가 이 사실을 알면 말릴 것이 분명했기에 텔레마코스는 비밀리에 진행했다. 그리고 뱃길에 필요한 물품과 양식은 텔레마코스와 오디세우스의 유모였던 에우리클레이아가 준비해주었다. 나이는 들었지만 여전히 왕실의 곡창과 모든 회계 장부를 관리하는 여인이었다. 한마디로 어머니의 오른팔이었다. 그녀는 텔레마코스가 어른스럽게 아버지를 찾아 나서는 것을 지지하고 응원해주었다.

마침내 배가 완성되었다. 텔레마코스가 배를 타고 떠나는 날 아테나여신은 순풍을 보내주었다. 모두 잠든 이른 새벽, 텔레마코스는 바람에 돛을 부풀리며 이타카를 떠나 먼 바다로 나아갔다.

텔레마코스가 정말 떠나자 구혼자 패거리들은 두려워지기 시작했다.

"어린아이가 아비를 닮아 당차군. 용케 살아남으면 분명 세력을 불려서 돌아오지 않겠는가?"

"그렇게 되면 우리가 위험하지."

"언제 돌아올지 모르지만 우리도 그때를 준비하세."

구혼자들의 우두머리 격인 안티노오스가 말했다.

"나에게 배 한 척과 노잡이 스무 명만 주면, 이타카와 사모스섬 사이에서 잠복하고 있다가 텔레마코스가 돌아올 때 기습해서 아주 끝장을 내겠소."

"그거 좋은 생각이오."

그들은 힘없고 어린 텔레마코스를 아예 죽일 궁리를 했다.

배를 타고 떠난 텔레마코스는 멀지 않은 곳에 있는 필로스에 도착했다.

"어서 오게. 나의 옛 친구의 아들!"

늙은 네스토르 왕은 텔레마코스를 따뜻하게 맞아주었다.

"제 아버지의 소식을 듣고 싶어서 왔습니다."

"자네도 알고 있는 정도야. 전쟁이 끝나고 각자 집으로 돌아갔지. 나는 무사히 돌아와 내 영토를 지키며 늙어가고 있네."

텔레마코스가 알고 있는 것 외에 새로운 소식은 없었다.

"알겠습니다. 내일 메넬라오스 왕이 계신 스파르타로 떠나겠습니다. 그분은 아버지의 소식을 알고 있지 않겠습니까?"

"훌륭한 젊은이로군. 그대의 앞날에 신의 가호가 있기를 기원하네."

네스토르 왕은 전차를 빌려주고, 자신의 손자 페이시스트라토스를 불렀다.

"자, 두 사람은 친구로 지내거라. 그리고 페이시스트라토스는 여행길에 동행해주어라."

그들은 친구가 되어 이틀 동안 전차를 타고 달렸다. 마침내 해가 질 무렵 스파르타의 산길로 접어들었다. 두 사람은 메넬라오스의 궁전 밖에 있는 별채에서 하룻밤을 묵었다.

다음 날 두 사람은 메넬라오스 왕과 헬레네 왕비를 찾아갔다. 왕과 왕비도 마침 스파르타에 도착한 직후라 기나긴 뱃길 여행에 지쳐 있었다. 텔레마코스가 왕궁으로 들어갔을 때는 왕이 무사히 고향에 돌아온 것을 축하하는 잔치가 벌어지고 있었다. 게다가 아름다운 헬레네까지 데리고 온 것이 아닌가.

두 사람은 손님들 사이에 끼어서 음식을 배불리 먹었다. 메넬라오스가 온몸에 먼지투성이인 두 사람을 보고 시종들에게 명령했다.

"저 젊은 손님들은 멀리서 온 듯한데 깨끗이 씻게 해주고 잘 대접해주어라!"

두 사람은 하인들의 안내를 받아 목욕을 하고 새 옷으로 갈아입었다. 텔레마코스는 메넬라오스 왕의 옆자리에 앉게 되었다. 식사가 끝나자 천하의 절세 미녀인 헬레네가 들어왔다. 그녀로 인해 전쟁까지 벌어졌던 그 미모였다. 헬레네는 텔레마코스를 바라보며 물었다.

"저 아름다운 청년은 누굽니까? 이름이 뭔지, 어디서 왔는지 물어보셨습니까?"

메넬라오스는 고개를 저었다.

"피곤한 나그네에게 다짜고짜 묻는 것은 예의가 아니오. 며칠 뒤에 물어볼 생각이오."

그러나 헬레네는 바로 알아챘다.

"내일까지 기다리지 않아도 될 것 같군요."

"어째서 그렇소?"

"저 젊은이는 우리의 옛 친구 오디세우스의 아들이 분명합니다. 보세요. 아버지와 판박이 아닙니까?"

메넬라오스가 청년을 보더니 깜짝 놀랐다.

"보아하니 그렇군. 내 친구의 아들이 여기 오다니! 그대는 오디세우스의 아들이 맞는가?"

텔레마코스는 얼굴을 붉혔다. 자신을 알아봐주는 것이 너무 고맙고 수줍기도 했다. 아버지의 소식을 들으러 왔는데 일이 쉽게 풀리는 것 같았다.

"맞습니다. 대왕이시여! 저의 아버지는 오디세우스 왕이십니다. 아버지의 소식을 들으러 여기까지 왔습니다. 옆에 있는 이분은 네스토르 왕의 손자이신 페이시스트라토스입니다.

"오! 내 전우의 자손들이 이렇게 나를 찾아오다니!"

메넬라오스 왕은 일어나서 그들을 끌어안았다.

헬레네는 텔레마코스에게 오디세우스의 활약상을 빠짐없이 들려주었다. 메넬라오스는 오디세우스의 가장 큰 공로를 말해주었다.

"그대의 아버지가 목마를 생각해내서 우리가 전쟁에서 승리할 수 있었다. 그대의 아버지는 문무를 겸한 진정한 영웅이지."

밤새 기쁨의 잔치를 벌인 뒤, 다음 날 텔레마코스는 차분하게 자신의 사정을 이야기했다. 구혼자 패거리들이 궁전을 차지하고 있고, 아버지의 소식은 알 수 없으며, 어머니는 구혼자들의 압박에 시달린다는 것이었다. 메넬라오스는 심각한 얼굴로 이야기를 듣더니 안타까운 말을 전했다.

"몇 가지는 말해줄 수 있다. 나는 트로이아를 떠나 집으로 돌아오는 길에 갖은 고난을 겪었다. 길을 잃고 여러 나라를 헤매 다녔지. 키프로스와 이집트, 페니키아까지 갔었다. 심지어 아프리카 북쪽에 있는 리비아도 들렀다. 양식이 떨어져 거의 굶어 죽을 뻔하기도 했지."

메넬라오스는 자신의 모험담을 들려주었다. 그 역시 오디세우스와 비슷한 고난을 겪었다.

폭풍에 휘말려 파로스섬의 항구에 정박한 메넬라오스는 그곳에 프로테우스* 신의 딸이 살고 있다는 것을 알게 되었다. 바닷가를 걷고 있는 메넬라오스에게 신의 딸 에이도테아가 다가왔다.

"그대는 무슨 고민이 있어 홀로 바닷가를 거닐고 있는가?"

"신의 도움이 필요합니다. 배도 있어야 하고, 바람도 있어야 고국으로 돌아갈 수 있는데 어찌하면 좋을지 생각 중입니다."

그러자 에이도테아가 말했다.

"신의 도움이라면 우리 아버지의 지혜가 필요하겠군. 그럼 내가 시키는 대로 하겠는가?"

"무엇이든 하겠습니다."

"매일 정오에 아버지께서는 물개의 모습으로 바다에서 해변으로 나오신다. 물개들과 함께 낮잠을 주무실 때 꼭 사로잡아야 한다."

"제가 어찌 신을 사로잡을 수 있겠습니까?"

"아버지가 그대의 손에 잡히면 벗어나려고 온갖 변신을 하실 것이다. 무엇으로 둔갑하든 아무리 무서워도 절대 놓치지 말아라. 아버지는 그대한테 벗어나기 위해 물어보는 대로 대답해주실 것이다."

메넬라오스는 신에게 노여움을 사서 죽든, 고향에 가지 못하고 이 섬에서 죽든 마찬가지라는 생각이 들었다. 그는 가장 힘이 세고 끈질긴 부하 셋을 골라 모래밭의 구덩이에 숨어 있으라고 명령했다. 그것 역시 에이도테아가 말해준 비책이었다. 그들은 물개 가죽을 덮고 숨어서 시간이 가기만을 기다렸다.

마침내 정오가 되었다. 바다의 노인이라 불리는 프로테우스가 물 위로 모습을 드러냈다. 아무도 없는 것을 확인한 뒤 그는 물개 무리들과 뒤섞여 해변으로 나와 모래밭에 누워 잠을 청했다. 프로테우스가 따뜻한 햇살을 쐬며 잠이 들자, 메넬라오스는 신호와 함께 물개 가

여기서 잠깐!!

물개의 무리라든가 포세이돈이 관리하는 바다생물들의 신이야. 그는 나일강 하구의 파로스섬에 살았는데 변신술의 귀재야. 동물뿐 아니라 물이나 불, 바람 등으로도 변할 수 있어. 거의 전지전능한 거지. 귀찮거나 벗어나고 싶을 때는 이렇게 변신술을 잘 이용해. 신화에 나오는 변신 이야기는 인간의 이야기에도 등장하지. 중국 《서유기》의 손오공이나 우리나라의 전우치와 홍길동도 이런저런 모습으로 변신하잖아. 그만큼 변신은 매력적인 소재야.

죽을 벗어던졌다.

"이때다! 신을 잡아라!"

그들은 프로테우스 신을 붙잡고 늘어졌다.

"앗, 누구냐? 웬놈들이냐! 으르렁!"

갑자기 프로테우스는 사자로 변했다. 사자의 이빨과 포효 소리는 듣기만 해도 오금이 저려 팔에 힘이 풀리려 했지만 메넬라오스 일행은 죽을힘을 다해 붙잡았다. 이윽고 프로테우스는 멧돼지, 구렁이, 흐르는 물, 표범, 꽃나무 등으로 변신했다. 그러나 메넬라오스는 끝까지 놓지 않았다. 얼마나 여러 번 몸을 바꿨는지 결국 지친 프로테우스는 원래의 몸으로 돌아갔다.

"인간들아, 나를 놓아주면 너희의 소원을 들어주마."

그제야 메넬라오스 일행은 후들거리는 팔을 풀고 모래밭에 나가떨어졌다. 메넬라오스는 헉헉대며 신에게 물었다.

"신이시여! 고향으로 가려면 바람이 필요합니다. 어떻게 하면 고향으로 갈 수 있습니까?"

"그것이라면 간단하다. 나일강 입구로 가서 신들에게 제물을 바쳐라. 그러면 너의 집까지 순풍이 불 것이다."

메넬라오스는 신의 이야기를 더 듣고 싶어서 다시 물었다.

"아가멤논 대왕과 다른 영웅들은 모두 어떻게 되었습니까?"

"불행한 소식이다. 너의 형인 아가멤논은 궁전에서 살해되었다."

"오디세우스는 어찌 되었습니까?"

"오디세우스는 칼립소에게 붙잡혀 지금 헤어 나오지 못하고 있다.

칼립소가 오디세우스를 너무 사랑하기 때문이다."

여기까지 이야기를 마친 메넬라오스는 눈물을 흘리는 텔레마코스에게 말했다.

"그대의 아버지는 지금 아마 칼립소에게 붙잡혀 있을 것이야. 분명 고향으로 돌아가고 싶어 하겠지만 외딴섬이라 지나가는 배조차 없다는구나."

이야기를 듣자 텔레마코스는 슬픔 속에서 희망을 보았다.

"그 섬에 가려면 어찌하면 됩니까?"

"글쎄. 나로서도 방법이 없구나."

"그러면 이대로 아버지께서 돌아오지 못한단 말입니까? 그런데도 아들인 제가 두 손 놓고 있어야 합니까?"

"아직까지 너의 아버지가 살아 있는 것은 신의 뜻이다. 다른 영웅들은 모두 죽었는데 너의 아버지만 살아 있지 않으냐. 언젠간 돌아올 것이다. 그때까지 기다려라."

텔레마코스는 메넬라오스에게서 더 이상 얻어낼 것이 없었다.

10

오디세우스의 능력

아들이 자신을 애타게 찾아다닌다는 사실도 알지 못한 채 오디세우스는 나우시카 공주의 도움을 받아 다시 항해를 준비했다. 다행히 알키노오스 왕이 배를 한 척 마련해주었다. 이번에는 뗏목이 아니라 제대로 갖춰진 배였다. 이제 오디세우스는 새로운 항해를 떠날 수 있게 되었다.

다음 날 한낮이 되자, 신하들은 또다시 궁으로 몰려와 왕과 함께 점심을 먹었다. 점심을 먹는 동안 음유시인이 나타나 노래를 부르기 시작했다. 그의 노래는 영웅들의 서사시였다. 사람들의 소문과 역사적 사실을 바탕으로 노랫말을 지어서 부르는 것이었다. 음유시인은 아름다운 노랫말에 맞춰 수금을 켰다. 그의 노래에 트로이아 전쟁의 영웅들이 하나둘씩 등장할 때마다 오디세우스는 만감이 교차했다.

진정한 영웅은 오디세우스라네.
그의 지혜는 당할 자가 없으니
트로이아 목마를 만들어 적을 속이고
기나긴 전쟁을 비로소 끝냈다네.

자신의 용맹함을 찬양하는 노랫소리가 들리자 오디세우스는 팔을 들어 올려 옷소매로 눈을 가렸다. 오디세우스는 남몰래 눈물을 흘리며 끓어오르는 흐느낌을 애써 억눌렀다. 자신의 행적이 노래로 불리고 있는데, 정작 자신은 고향으로 돌아가지도 못한 채 낯선 섬을 떠돌고 있었기 때문이다. 옆자리에 앉은 알키노오스 왕은 이 사연을 알 리 없었다. 나그네가 우울해하는 것을 보고 짐작할 뿐이었다.

'이 나그네가 그 전쟁과 관련된 사람인가 보군.'

그의 마음을 달래주기 위해 알키노오스 왕이 한 가지 제안을 했다.

"나그네여, 지금 바깥에서는 젊은이들이 운동 경기를 벌이고 있네. 가서 구경이나 하시게."

친절한 왕의 제안을 거절할 수 없었다. 오디세우스는 그와 함께 경기장으로 나가보았다. 왕의 건장한 세 아들도 젊은이들과 함께 어울려 시합을 벌이고 있었다. 이때의 경기라는 것은 달리기, 원반던지기, 멀리뛰기, 씨름 같은 것들이었다. 심신을 단련하던 세 아들은 자신들을 유심히 바라보는 나그네를 발견하고 말했다.

"저 나그네도 우리와 함께 경기를 하고 싶어 하는 것 같은데."

왕자들이 의논하더니 라오다마스 왕자가 아버지에게 부탁했다.

"부왕이시여! 그 나그네도 우리와 함께 경기에 참여해보는 것이 어떻겠습니까?"

알키노오스 왕이 고개를 돌려 오디세우스를 바라보았다. 의향이 있다면 얼마든지 참여해도 좋다는 뜻이었다. 그러나 오디세우스는 젊은이들과 함께 시합하는 것이 내키지 않았다. 그는 오직 배를 타고 떠날 생각뿐이었다.

"대왕이시여! 모름지기 시합에 참여하려면 잡생각이 없어야 하옵니다. 저는 아직 시합에 나설 만큼 마음의 여유가 없습니다."

고개를 젓는 오디세우스를 보고 젊은이들이 비웃었다.

"저 튼튼한 몸과 근육은 허우대뿐인가 봐?"

"그런 것 같아. 그냥 막일이나 하던 나그네가 분명해. 저런 근육은 무사들만 가지는 게 아닌가 보군. 험한 일을 해도 저런 근육이 생기기는 하지."

그중에 에우리알로스는 비웃으며 모욕을 주었다.

"장사꾼 아니면 뱃사람이었을 그대에게 씨름을 요청하다니, 우리가 참으로 경솔했소. 무사까지는 아니더라도 운동선수는 되는 줄 알았는데 말이오."

주변 사람들이 모두 고개를 끄덕이며 관심을 접자, 오디세우스는 양미간을 찌푸리며 도전을 받아들이기로 결심했다. 이타카의 왕이자 전쟁의 영웅이 아니던가. 서사시에도 등장하며 많은 사람들이 칭송하는 영웅이 애송이 같은 왕자들에게 모욕을 당하고도 가만히 있을 수가 없었다.

"좋습니다. 전쟁과 방랑으로 바다를 떠돌면서 나이를 먹었지만 나도 한때는 힘깨나 썼습니다. 지금도 몸이 그때의 기술을 기억하고 있을지 모르겠습니다. 어디 한번 시합에 참여해볼까요?"

자리에서 일어난 오디세우스는 성큼성큼 계단을 내려와 경기장에 모습을 드러냈다. 그는 우선 가장 크고 무거운 원반을 들어보았다. 아무나 도전할 수 없는 무게였다. 근육의 긴장을 풀고 몇 바퀴 좌우로 흔들던 오디세우스는 몸을 회전시켜 원심력을 이용해 45도 각도로 청동 원반을 허공을 향해 날렸다. 원반은 마치 날개라도 달린 듯이 반짝이며 하늘로 치솟더니 저 멀리 떨어졌다. 사람들의 탄성이 터져 나왔다.

"와!"

그날 경기에서 가장 멀리 던진 원반보다 더 멀리 나갔다. 사람들은 수군거리기 시작했다.

"저 나그네는 보통 사람이 아니야. 원반던지기 선수였던 건 아닐까?"

이렇게 해서 분위기를 제압한 오디세우스는 큰 소리로 외쳤다.

"나이는 먹었지만 내 몸이 기억하고 있었소. 무엇이든 좋으니 도전할 사람은 앞으로 나서시오. 활쏘기든 씨름이든 무엇이든 좋소."

오디세우스의 놀라운 기세를 보고 알키노오스 왕이 나섰다.

"자, 모두들 진정하시오. 나그네에게 우리 젊은이들이 무례하게 굴었던 것을 내가 대신 사과하리다. 이제는 음악이나 들으면서 마음을 가라앉힙시다."

왕의 말에 음유시인이 나타났다. 춤꾼들은 춤출 준비를 했다. 음유시인이 노래를 하며 신나는 곡조를 연주하자 춤꾼들이 그 주위에 몰려들어 발로 장단을 맞추며 춤을 췄다. 그는 전쟁의 신인 아레스와 아프로디테의 사랑 노래를 불렀다. 그 아름다운 곡조에 춤꾼들이 반짝이는 공을 주고받는 기예를 선보였다. 한 사람이 공을 던지면 다른 사람이 펄쩍 뛰어서 공을 받아 다시 던지는 놀이였다. 점점 높이 공을 던졌고, 춤꾼들은 더 높이 뛰어올랐다. 오디세우스는 처음 보는 놀랍고 아름다운 기예였다.

"대단합니다. 이런 훌륭한 기예를 본 적이 없습니다."

흥겨운 춤을 보고 있노라니 오디세우스의 분한 마음이 어느새 사그라들었다. 알키노오스 왕은 명령을 내렸다.

"모두 내일이면 떠날 손님을 전송할 준비를 하거라! 누군지 알 수는 없지만 대단한 손님이 돌아갈 배가 기다리고 있으니 각자 선물을 하나씩 준비하라!"

그러자 오디세우스를 모욕했던 에우리알로스부터 선물을 내놓겠다고 했다. 알키노오스 왕은 커다란 금 술잔을 주었다. 왕비는 직접 만든 겉옷과 속옷을 내놓았다. 신하들도 선물을 가져와 배에 차곡차곡 쌓았다. 에우리알로스는 손잡이가 은으로 장식되어 있고, 칼집은 상아로 만든 청동 칼 한 자루를 주며 정중히 사과했다.

"나그네시여! 그대를 존경합니다. 나의 모욕적인 말은 바람에 날려 버리십시오. 부디 신께서 그대를 고향의 항구로 안전하고 빠르게 데려다주기를 기원하겠습니다."

젊은이의 진심 어린 사과에 오디세우스도 고개를 끄덕였다.

"나도 그대에게 경의를 표합니다. 신께서 그대를 축복하기를 바랍니다. 이렇게 좋은 칼을 선물로 주셨는데 앞으로 더 좋은 칼들이 생기길 기원합니다."

오디세우스는 그 칼을 어깨에 걸쳤다.

이윽고 저녁이 되었다. 하녀들은 오디세우스에게 약초 탄 목욕물을 준비해주고 새 옷도 마련해주었다.

저녁 식사를 위해 연회장으로 가던 오디세우스는 나우시카 공주를 다시 만났다. 강가에서 만난 이후로 다시 만나기는 처음이었다. 결혼하지 않은 여자는 연회장에서 남자들과 어울려 식사할 수 없었다. 이것이 마지막 만남이 될 것이 분명했다. 공주는 오디세우스에 관한 이야기를 모두 들어 알고 있었다. 먼저 다가온 나우시카 공주는 슬픈 어조로 말했다.

"나그네여, 안녕히 돌아가십시오. 순풍이 그대를 고향으로 데려다주길 바랍니다."

"공주님, 고맙습니다. 당신의 은혜는 잊지 않겠습니다."

"고국에 가시면 아내와 아들이 있겠지요. 하지만 저를 너무 빨리 잊지는 마세요."

"고국에 돌아가더라도 죽는 날까지 당신을 기억할 것입니다. 당신은 내 생명의 은인입니다."

오디세우스는 진심 어린 감사를 표하고 연회장으로 들어갔다. 화려한 연회가 계속되는 동안 음유시인은 수금을 뜯으며 노래를 불렀다. 이

날 밤에는 특별히 트로이아의 목마를 노래했다. 주인공은 당연히 지혜로운 오디세우스였다. 오디세우스가 목마를 만들게 된 이유와 특공대들이 목마 속에 숨어 있다 트로이아 성문을 열고 점령한 이야기였다. 오디세우스는 다시 눈물을 흘렸다. 전쟁에 대한 기억이 되살아나고 목숨을 잃은 부하들이 떠올라 견딜 수가 없었다.

노래가 끝나자 왕이 말했다.

"음유시인은 아름다운 노래로 우리를 즐겁게 해주었으니 상을 내리도록 하라!"

음식을 담당한 신하가 고기를 두툼하게 베어 나눠주었다. 음유시인은 물러나 앉아 맛있는 음식을 먹었다.

그때 왕이 오디세우스에게 물었다.

"트로이아 전쟁에서 가까운 이들이 목숨을 잃었나 보구려."

오디세우스는 말했다.

"수없이 많은 친구들을 잃었습니다."

"오, 그대는 누구이길래 트로이아 전쟁과 그토록 깊은 인연이 있단 말인가?"

"저의 정체를 밝히겠습니다. 저는 라에르테스의 아들이며 이타카의 왕인 오디세우스입니다."

그 자리에 있던 모든 사람들이 깜짝 놀랐다.

"그대가 저 음유시인이 노래한 그 오디세우스란 말이오? 믿을 수가 없구려."

"맞습니다. 저는 열두 척의 배를 이끌고 트로이아 전쟁에 참전했습니다. 하지만 지금은 모든 배를 잃고 고향에 돌아가지 못한 채 혼자 살아 있습니다."

연회장에 있던 사람들은 다시 한번 놀랐다. 음유시인의 노래에 등장하는 신화적인 인물이 바로 눈앞에 있다는 것을 믿을 수가 없었다. 그들은 고대 영웅의 이야기나 신의 이야기를 듣듯이 오디세우스의 영웅담을 들어왔었다.

"이런, 참으로 놀라운 이야기요. 라에르테스의 아들인 오디세우스여! 그대의 이야기를 듣고 싶소. 그대가 방황하며 고생한 이야기, 그리고 신들과 싸우거나 신들께 굴복한 이야기, 신들의 분노를 사서 여기까지 떠내려온 이야기를 들려주시오. 우리는 당신에 대해 그 어떤 소식도 듣지 못했고, 당신이 죽은 줄로만 알고 있었소."

나그네가 들려주는 이야기로 세상이 어떻게 돌아가는지 알 수 있었기에 사람들은 나그네를 기꺼이 받아들이고 대접해주는 것이었다. 연회장 한가운데서 오디세우스는 밤새도록 자신의 이야기를 털어놓았다. 외눈박이 거인의 이야기부터 키르케, 타르타로스를 다녀온 이야기, 스킬라와 카립디스, 태양의 신의 가축을 잡아먹은 이야기, 모든 배를 잃고 칼립소에게 붙잡혀 있었던 이야기까지 들려주었다. 동쪽 하늘이 희뿌옇게 밝아질 때쯤 오디세우스의 이야기도 끝이 났다.

"이제 떠날 시간이 되었습니다. 내가 알고 있는 모든 이야기를 들려드렸습니다. 신들께서 그대들에게 축복을 내려주시길 바랍니다."

"정말 놀라운 이야기였소. 우리는 당신을 오래도록 기억하겠소."

왕과 신하들은 오디세우스의 불굴의 의지에 경의를 표했다. 파이아케스인들이 내놓은 선물들은 모두 배로 옮겨졌고 그들은 추가로 더 많은 선물들을 주었다.

오디세우스는 항구까지 배웅을 나온 왕과 왕비에게 작별 인사를 했다.

"그 누구보다 큰 은혜를 베풀어주신 왕비님, 감사합니다. 행운이 늘 함께하시고 축복이 내리시길 빌겠습니다. 아드님과 따님과 백성들이 모두 행복하시리라 믿습니다. 알키노오스 왕께서도 행복하시기를 바랍니다."

오디세우스는 배에 올라 차가운 바닷바람을 막기 위해 겉옷을 입고 융단으로 몸을 감쌌다. 이윽고 노잡이들이 갤리선을 바다로 밀고 자리에 앉았다. 마침내 배는 항구를 빠져나가 이타카로 향했다.

11

이타카로 돌아온 오디세우스

오디세우스는 신들의 가호로 무사히 이타카로 돌아갈 수 있었다. 배 안에는 편안한 잠자리도 마련되어 있었다. 그가 포근한 모포 위에 누워 깊은 잠에 빠져 있는 동안 노잡이들은 있는 힘껏 노를 저었다. 바다 위를 항해할 동안 그는 아테나 여신의 배려로 죽음과도 같은 수면에 빠져 한 번도 깨어나지 않았다. 신들도 더 이상 이타카로 가는 오디세우스를 방해할 수 없었다. 온갖 고난을 겪었고, 수많은 병사들의 죽음을 목격한 전쟁의 화신 같은 자였기 때문이다.

그는 과거의 모든 고통과 괴로움을 잊은 채 곤히 잠들었다. 마침내 새벽별이 떠오를 즈음 배는 이타카섬에 닿았다. 포구의 가장 안쪽에 동굴이 하나 있었다. 올리브 나무로 가려져 있고 내부가 어둑한 동굴 속에는 꿀벌들이 집을 짓고 있었다. 파이아케스인들은 조용한 그곳으로 가서 배를 모래톱에 올리고, 깊은 잠에 빠져 있는 오디세우스를 조심스럽게 바닷가 모래밭에 내려놓았다. 그리고 파이아케스족의 왕과 귀족들이 내놓은 귀한 선물들을 훔쳐 가는 사람들이 없도록 안 보이는 곳에 소중히 쌓아놓았다. 선원들은 왕의 명령을 이행한 다음 자신들의 섬으로 돌아갔다.

기어코 오디세우스가 고향으로 돌아간 것을 보고 포세이돈은 제우스 신에게 강력하게 항의했다.

"제우스 신이시여! 인간인 파이아케스인조차 나를 깔보고 있습니다. 저렇게 편안하게 오디세우스를 고향으로 데려다준다면 누가 나를 존경하겠습니까? 그가 돌아가는 것은 막을 수 없겠지만 고통은 겪어야 하지 않겠습니까? 애초에 그것이 그의 운명이고 당신이 나에게 허락한 일입니다. 그런데 지금 보십시오. 나의 미움을 사고 있는 오디세우스가 오히려 수많은 선물과 함께 무사히 고향으로 돌아갔습니다."

제우스가 대답했다.

"온 바다와 대지를 흔들 수 있는 신이여! 누구도 그대를 업신여길 수 없다. 인간들이 아무리 권위와 힘을 가졌다 하더라도 그대에게 경의를 표하지 않는다면 나부터 용서하지 않겠다. 그대가 원하는 대로 그들을 처분해도 좋다."

포세이돈은 제우스가 자신을 존중해주자 힘주어 말했다.

"그렇다면 다시 말씀드리겠습니다. 제우스 신이시여, 나는 당신의 분노를 두려워하고 있습니다. 오디세우스를 데려다주고 돌아가는 파이아케스인들의 배를 난파시키고 싶습니다. 이제부터는 인간들을 바다에서 안전하게 보내주지 못하도록 하겠습니다. 그리고 그들의 섬을 큰 산으로 둘러싸겠습니다."

"친애하는 포세이돈, 그보다는 섬으로 돌아오는 그 배를 돌로 만들어버리는 것은 어떻겠는가? 그렇게 응징하는 것을 허락하겠다."

포세이돈은 파이아케스인들이 살고 있는 스케리아섬으로 가서 배가 돌아오자마자 돌로 만들어버렸다. 배는 바다 밑으로 가라앉았고, 사람들은 깜짝 놀라 웅성댔다.

"어찌 된 일인가? 무사히 돌아오던 배가 갑자기 사라졌어! 신들이 노한 모양이야."

알키노오스 왕이 말했다.

"아아! 옛사람들의 말이 맞구나. 포세이돈 신은 사람들을 안전하게 보내주면 반드시 분노를 품어 섬을 산으로 둘러싸 버린다고 하였거늘……. 포세이돈 신의 노여움을 풀기 위해서 우리는 열두 마리의 암소를 제물로 바치고, 우리 섬을 높은 산으로 둘러싸지 않도록 기도를 올리자. 어서 준비하라."

스케리아섬 사람들은 오디세우스 한 사람이 왔다 간 이후로 두려움에 떨어야만 했다.

한편 오디세우스는 잠에서 깨어났다. 하지만 자신이 어떻게 해서 여기까지 왔는지, 이곳이 어디인지조차 몰랐다. 아테나 여신이 장막을 쳐놓은 것처럼 안개를 피워놓은 바람에 오디세우스는 오랜만에 돌아온 고국을 알아보지 못했다. 그 이유는 그에게 알려주어야 할 것들이 많았기 때문이다.

오디세우스는 파이아케스인들에게 받은 보물들을 하나씩 살펴보았다. 손잡이가 은으로 된 칼도 뽑아보고 금 술잔도 어루만져보았다. 그러고 나서 일어나 해안가를 걸어갔다.

"이곳은 어딘가? 나를 이타카까지 데려다주기로 한 그자들은 나를 여기에 버리고 어디로 간 것인가?"

이때 아테나 여신이 젊은 귀족의 모습으로 나타나 말을 걸었다.

"어디서 온 누구이시오?"

오디세우스는 다짜고짜 물었다.

"나를 좀 도와주시오. 여기는 도대체 어디요? 이곳 사람들은 길 잃은 나그네를 친절하게 대해줍니까?"

젊은이가 대답했다.

"여기가 어디냐니? 그대는 참으로 어리석은 사람이오. 이곳은 이타카섬이오."

"이타카라고?"

"트로이아 전쟁에서 이름이 알려진 이타카를 모른단 말이오?"

순간 오디세우스는 무릎을 꿇었다. 기쁨이 온 가슴을 후벼 파는 것 같았다. 너무나 오랫동안 고국을 떠나 있었다. 20년의 세월이 흐른 뒤 고향으로 돌아온 것이었다. 자신이 알던 사람들은 모두 늙은이가 되었거나 죽었을 것이다. 이타카를 이끌고 있는 것은 모두 젊은 사람들이었다. 그들이 어떻게 자신을 대할지 그는 알 수 없었다.

'아, 어쩌면 다른 자가 왕이 되었을 수도 있겠구나.'

젊은이가 누구냐고 물었지만 오디세우스는 대답할 수 없었다.

"나는 크레타 사람이오."

그러자 젊은이가 물었다.

"크레타 사람이 어찌하여 이 섬에 왔소? 이타카에 와서 어찌 이타카를 모른단 말이오?"

"나는 트로이아 전쟁에 참여했던 크레타 사람이오. 전리품을 가지고 귀국했는데 크레타 왕자가 내 전리품을 뺏으려고 해서 싸우다 그만 죽이고 말았소. 배를 타고 도망쳤는데 엉뚱한 곳으로 들어오게 된 것이오. 이 섬에 내려 잠자고 있는 동안 함께 왔던 사람들이 나를 남겨놓고 떠나버린 모양이오."

오디세우스의 설명에 젊은이는 웃음을 터뜨렸다. 자신이 말도 안 되는 소리를 중얼거리고 있다는 것을 깨닫고 오디세우스도 멋쩍은 웃음을 터뜨렸다. 한참을 웃고 고개를 들어 보니 그 자리에 아테나 여신이 있었다.

"잔머리를 잘 굴리는 오디세우스라고 하더니 잘도 둘러대는구나. 내가 누군지 모른다는 것이냐? 트로이아 전쟁에서 그대를 도와주었고 알키노오스 왕의 궁전에서도 여러 번 도와주었는데 아직도 몰라보는 것이냐?"

그제야 오디세우스는 여신을 알아보고 불평스러운 목소리로 말했다.

"여신께서는 제가 고초에 빠졌을 때도 저를 도와주지 않으셨습니다.

그러고도 어찌 저의 수호 여신이라 할 수 있겠습니까? 제가 고향에 돌아왔다는 말을 어떻게 믿을 수 있겠습니까?"

"그대는 바다의 신 포세이돈의 아들의 눈을 멀게 만들지 않았던가? 그래서 고초를 당한 것이야. 자업자득이라고 할 수 있지. 포세이돈이 누구인가? 내 아버지 제우스 신의 동생이다. 내가 어떻게 숙부님에게 맞서 그대를 도와줄 수 있겠는가? 둘러보아라. 이 땅이 그대의 고국이 맞는지 안 맞는지."

여신이 말을 마치자, 갑자기 잿빛 구름이 걷히고 햇살이 쏟아지더니 아침 안개가 말끔히 걷혔다. 오디세우스는 주위의 풍경을 둘러보았다. 익히 알고 있는 풍경, 오랫동안 그리던 풍경이 떠올랐다. 해변에 깎아지른 듯이 솟아오른 산과 숲, 그리고 바다 요정의 동굴까지 모든 것이 자신이 알고 있는 고향의 풍경이었다.

"오! 드디어 고향에 왔군요."

오디세우스는 기쁨을 주체하지 못하고 모래밭에 엎드려 입을 맞췄다. 집으로 돌아온 기쁨에 모든 긴장이 한순간에 풀렸다. 하지만 아테나 여신에게 이타카의 사정을 듣고 다시금 분노가 끓어올랐다.

"지금 이 나라의 상황은 혼란 그 자체다. 오랫동안 주인 없는 집이나 마찬가지였으니 말이다."

"제 아내는 어찌 지내고 있습니까?"

"그대의 아내 페넬로페는 깊은 슬픔에 잠겨 있다. 그대의 아내에게 결혼하자고 조르는 파렴치한들이 수년째 궁에 머무르며 말썽을 피우고 있다."

"제 아들 텔레마코스는 어찌 되었습니까? 아들이 있잖습니까?"

"아들은 아직 어려서 어머니를 도울 수가 없지."

"하지만 저를 도울 수는 있습니다."

"텔레마코스는 그대를 직접 찾아 나섰다. 지금은 이타카를 떠나 메넬라오스와 헬레네의 궁전에 있다."

"내가 없는 사이에 이런 엄청난 일이 벌어지고 말았군요."

오디세우스는 더 큰 고통을 느끼며 절규했다.

"여신이시여! 어찌하며 좋습니까? 도와주십시오!"

"그대가 할 일은 먼저 보물들을 숨기는 것이다. 그들이 보면 그대를 의심하거나 죽이려 할 것이야."

아테나 여신의 도움을 받아 오디세우스는 보물들을 동굴 깊숙이 숨기고 동굴 입구를 바위로 단단히 막았다.

"이 모습으로 고향에 돌아갈 수는 없다. 내가 모습을 바꿔주겠네."

아테나는 오디세우스가 걸친 훌륭한 겉옷을 누더기 사슴 가죽 옷으로 바꿨다. 게다가 피부와 살갗은 쭈글쭈글하고 눈빛도 흐릿하게 만들었다. 오디세우스는 영락없이 거지의 모습이었다. 트로이아의 보물을 훔치기 위해 성안으로 들어가던 늙은이로 변신한 것이다.

"이제 어찌하면 됩니까?"

"이 섬에서 믿을 사람은 그대의 심복들뿐이다. 섬을 가로질러 가면 돼지치기 에우마이오스가 있다. 그를 알고 있겠지?"

"물론입니다. 그는 대대로 우리 가문을 위해 왕실의 돼지를 기르고 있습니다."

"그자가 충성을 바칠 테니 그의 집에 가서 잠시 숨어 있어라. 그러면 나는 메넬라오스의 궁전으로 가서 그대의 아들 텔레마코스를 불러오 겠다."

아테나 여신은 말을 마치자마자 사라졌다. 바람 한 자락이 불어와 여 신의 흔적을 대신해주었다. 오디세우스는 지체 없이 산속으로 걸음을 옮겼다. 반나절이 지나자 오디세우스는 마침내 왕궁의 돼지우리에 이 르렀다.

나이를 먹은 에우마이오스★가 문턱에 앉아 소가죽으로 신발을 만들 고 있었다. 그의 개들이 나그네를 보자 사납게 짖으며 경계했다.

"이놈들! 조용히 해라. 손님이 왔는데 왜 짖는 것이냐!"

에우마이오스는 돌멩이를 던져 개들을 내쫓았다. 그는 거지꼴을 한 오디세우스를 친절하게 맞이했다.

"나그네여, 어쩐 일로 이 누추한 곳에 왔소? 일단 들어오시오."

사람들은 돼지를 기르는 에우마이오스를 가까이하지 않았다. 그래서 모처럼 손님이 찾아오자 기쁜 나머지 먹을 것과 마실 것을 내놓았다. 이야기 상대가 나타나자 신이 나서 그간에 있었던 모든 사정을 줄줄 털 어놓았다. 왕이 아직 돌아오지 않았다는 이야기, 귀족들이 왕의 궁전을 차지하고 있다는 이야기 등을 되는 대로 풀어놓았다.

"이 나라가 참으로 엉망이군요."

오디세우스가 맞장구를 쳐주자 에우마이오스는 고개를 끄덕였다.

"맞소이다. 하지만 나는 우리 왕을 잊지 않고 있소. 그분만이 나의 왕 이오. 어서 돌아오셔서 어지러운 나라를 바로잡아 주셔야 할 텐데 걱정이오."

오디세우스는 늙은 에우마이오스의 이야기에 귀를 기울였다.

"그대의 왕이 살아 있다는 걸 믿소이까?"

"백번이라도 믿고 싶소. 하지만 돌아오지 않으시니 살았는지 죽었는지 솔직히 모르겠소. 당신은 세상을 떠돌다 왔으니, 혹시 우리 왕의 이야기를 들은 적이 있소?"

"나도 이곳저곳을 다니며 소문을 많이 들었소이다. 그대의 왕인 오디세우스는 분명 살아 있소. 그가 고향으로 돌아오고 있다는 이야기를 들었소."

"내가 듣기 좋으라고 덕담을 하고 있는 것이 아니오?"

잠시 후 에우마이오스가 데리고 있는 젊은 돼지치기와 돼지들이 우리로 돌아왔다. 저녁때가 된 것이다.

배고플 오디세우스를 위해 에우마이오스는 돼지고기를 맛있게 구워 대접해주었다. 오디세우스는 감격하여 눈물이 흐르는 것을 남몰래 애써 참았다.

식사가 끝나자 오디세우스는 트로이아 전

여기서 잠깐!!

돼지치기라고는 하지만 아주 충성스러운 자야. 그는 원래 시리아섬 크테시오스 왕의 아들이었는데 어린 시절 해적에게 납치되어 라에르테스 왕에게 노예로 팔려 갔다고 해. 그런 신분 출신인지라 의리를 알고 충성이 뭔지 아는 거야. 사실 따지고 보면 돼지라는 것은 식량인데 그걸 믿을 수 없는 자에게 맡겼다간 몽땅 가지고 도망갈 수도 있어. 그러니까 오히려 천한 돼지치기가 어려운 시기에는 가장 충성스러운 신하인 거지.

쟁 이야기를 들려주었다. 노인은 이야기를 듣는 내내 손뼉을 치며 즐거워했다. 모두 잠이 들 때까지 돼지치기의 오두막에서는 트로이아 전쟁과 오디세우스의 이야기가 계속 이어졌다.

이때 아테나 여신은 메넬라오스의 궁전에 머물고 있는 텔레마코스를 향해 날아갔다. 텔레마코스는 어머니가 어떻게 지내는지 궁금할 뿐만 아니라 이타카에 별일이 없는지 걱정되어 잠을 못 이룬 채 뒤척이고 있었다.

아테나 여신은 텔레마코스의 능력을 시험하기 위해 거짓말을 했다.

"텔레마코스여! 너의 어머니가 이제는 더 이상 견딜 수 없는 모양이다. 곧 구혼자들 중 한 사람을 정해서 결혼하겠다고 했으니 빨리 귀국하라."

"어머니께서 어찌하여 그런 결정을 내리셨을까요? 서둘러 돌아가야겠습니다."

"갈 때는 다른 뱃길로 가라!"

"이유가 무엇입니까?"

"안티노오스의 배가 사모스섬 밑에서 너를 죽이기 위해 기다리고 있다. 그자가 숨어 있는 곳으로 가지 말고 다른 길로 가서 이타카에 도착하거든 선원들은 모두 집으로 돌려보내라. 하지만 너는 궁에 가기 전에 들를 곳이 있다."

"그곳이 어디입니까?"

"너는 돼지치기 에우마이오스의 집으로 가야 한다. 에우마이오스가 지금도 너와 너의 아버지에 대한 충성심을 잃지 않고 있다는 것을 알고 있겠지? 그를 찾아가서 앞으로 어떻게 할지 의논하라."

"알겠습니다."

잠에서 깬 텔레마코스는 신의 명령임을 알고 다음 날 아침 메넬라오스와 헬레네에게 작별을 고했다.

"이제 고향으로 돌아가야겠습니다. 고향에 무슨 일이 생겼는지 모릅니다."

"그래, 조심히 돌아가게. 내 친구의 아들이여."

메넬라오스와 헬레네는 황금 술잔과 많은 선물을 주었다. 헬레네는 직접 만든 비단옷을 텔레마코스에게 주며 당부했다.

"그대도 언젠가는 결혼할 것이야. 때가 되면 신부에게 입혀주면 좋겠다. 그때가 되기까지는 어머니에게 맡겨두어라. 신께서 그대를 보호하여 좋은 일만 생기기를 기원하겠다. 이 헬레네가 사랑을 전한다."

텔레마코스가 탈 마차가 궁전 문 앞에 서 있었다. 두 마리의 말은 몸이 근질근질한 듯 곧 뛰어갈 기세였다. 텔레마코스가 페이시스트라토스와 함께 마차에 오르려 할 때, 독수리 한 마리가 난데없이 풀밭의 거위 한 마리를 낚아채서 말의 잔등을 스치듯이 공중으로 날아올랐다. 그들은 이것이 신의 계시임을 알 수 있었다. 페이시스트라토스가 중얼거렸다.

"이것은 좋은 징조입니다. 저에게 좋을까요, 아니면 텔레마코스에게 좋을까요?"

헬레네가 메넬라오스를 대신해서 대답했다.

"이것은 길조다. 잠깐만 기다려라. 내가 한번 풀어보겠다."

제우스는 헬레네에게 예언 능력을 준 적이 있다. 잠시 신의 세계와 통하던 헬레네가 말했다.

"하늘에서 독수리 한 마리가 내려와 거위 한 마리를 채갔다는 것은 좋은 일이다. 오디세우스가 드디어 고향으로 돌아와서 구혼자 패거리들에게 복수한다는 뜻이야. 그러니 빨리 돌아가도록 하라."

그 말을 들은 텔레마코스는 기쁜 나머지 절규하듯 말했다.

"드디어 아버지가 돌아오시다니, 이보다 기쁜 일이 어디 있겠습니까? 감사합니다!"

두 사람은 마차를 타고 고향을 향해 길을 떠났다. 말들이 나는 듯이 달려 다음 날 필로스에 도착했다. 텔레마코스는 필로스항에 정박해 있던 배에 올랐다. 메넬라오스의 궁전에서 받은 선물도 모두 배에 실었다. 텔레마코스는 네스토르 왕의 궁전에는 들르지 않았다. 더 이상 시간을 지체할 수 없었다. 텔레마코스는 하루라도 빨리 이타카로 가서 아버지를 만나고 싶었다. 그는 선원들에게 외쳤다.

"고향으로 돌아간다!"

배는 나는 듯이 노를 저어 큰 바다로 나가 돛을 올렸다. 새로운 뱃길을 통해 이타카 해변에 도착하자 그는 선원들에게 해산을 명령했다.

"그동안 수고 많았다. 모두 집으로 돌아가 쉬도록 하라!"

"왕자님은 어디로 가실 것입니까?"

"나는 이타카를 한번 둘러보고 가겠다."

텔레마코스는 아무도 모르게 혼자 걸어서 에우마이오스의 집으로 향했다. 이때 오디세우스는 아침밥을 짓기 위해 불을 지피고 있었다. 멀리서 젊은이가 걸어오는 것을 보고 개들이 짖어댔다.

"누군가 오고 있는 것 같소."

개들은 텔레마코스를 알아보고 꼬리를 쳤다.

"앗, 왕자님이오."

에우마이오스는 벌떡 일어나 달려갔다. 오디세우스는 다가오는 젊은이를 단번에 알아보았다. 멀리서 봐도 자신과 아버지 라에르테스를 닮은 모습이었다. 피는 속이지 못하는 것이었다. 오디세우스는 20여 년 만에 아들을 보자 감격에 겨워 전율이 일었다. 떠날 때 페넬로페의 품에서 울고 있던 아기였다. 에우마이오스는 텔레마코스를 힘껏 끌어안았다.

"젊은 주인님! 그간 아버님 소식을 들으러 멀리 떠나셨다더니, 이제 돌아오셨습니까?"

텔레마코스는 노인의 등을 두드렸다.

"덕분에 무사히 돌아왔네. 지금이라도 내가 어머니의 결혼을 막을 수 있겠는가?"

"어서 오십시오. 일단 집으로 들어가세요."

거지로 변장한 채 앉아 있던 오디세우스는 텔레마코스가 들어오자 벌떡 일어나려고 했다. 텔레마코스는 그가 아버지인 줄은 모르고 제지했다.

"노인은 앉아 있게. 그대가 일어나지 않아도 자리는 충분하네."

에우마이오스가 덤불을 가져다 자리를 만들고 그 위에 양털을 깔아주자 텔레마코스는 그 위에 앉았다. 세 사람은 화덕 옆에 앉아 아침 식사를 했다. 포도주와 보리빵과 돼지고기였다. 텔레마코스는 에우마이오스에게 물었다.

"저 노인은 어찌하여 이곳에 머물게 되었는가?"

"우리는 나그네를 박대할 수 없습니다."

"그건 맞는 말이네. 지금 나는 궁으로 가려고 하네. 신께서 자네와 의논하라고 해서 온 것이야."

"그러면 저와 함께 궁으로 가시지요. 못된 놈들을 다 물리칠 수 있을지 모르겠지만 제가 힘닿는 데까지 돕겠습니다."

그리고 에우마이오스는 오디세우스를 가리키며 말했다.

"저 노인은 두고 가시지요."

"그래. 저런 모습으로 궁에 가면 구혼자 패거리들이 모욕을 하거나 괴롭힐 것이 분명해."

식사를 마친 뒤 텔레마코스가 오디세우스에게 말했다.

"노인은 이곳에서 쉬고 있게. 내가 궁에 가서 그대 몫의 음식과 옷을 보내주겠네. 가난한 에우마이오스의 살림을 축내서는 안 될 것이야."

"감사합니다. 늙은이를 이렇게 돌봐주셔서."

오디세우스는 아들이 늠름하게 일 처리하는 것을 지켜보며 흐뭇해했다. 텔레마코스는 먼저 에우마이오스를 보내 자기가 여행길에서 돌아왔다는 사실을 알리도록 했다.

"제가 금방 다녀오겠습니다."

에우마이오스가 떠난 뒤 개들은 갑자기 꼬리를 감추며 오두막으로 들어와 숨었다. 문 앞에 아테나 여신이 나타났기 때문이다. 개들은 볼 수 있었지만 텔레마코스는 보지 못했다. 오디세우스 역시 아테나 여신을 보았다. 그는 오두막 바깥으로 나가서 마당에 서 있는 여신에게 예를 갖췄다.

"오디세우스, 이제 둘뿐이니 너의 정체를 밝혀라."

여신은 들고 있던 황금 막대기로 오디세우스의 머리를 살짝 쳤다. 순간 오디세우스는 원래의 모습으로 돌아갔다. 누더기 사슴 가죽 옷은 왕의 옷차림으로 변했다. 자신의 모습을 되찾은 오디세우스는 오두막 문을 열고 들어갔다. 여신과 함께 왕이 나타나자 텔레마코스는 깜짝 놀라 일어났다.

"조금 전까지 초라한 노인이었는데 어찌 된 것입니까? 신이십니까? 저에게 어떤 일로 찾아오셨습니까?"

오디세우스가 웃으며 대답했다.

"하하하! 나는 신이 아니다. 나는 너의 아버지다."

"네? 아버지라고요?"

"그렇다. 사람들의 눈을 속이기 위해 잠시 변신한 모습으로 돌아왔다. 방금 아테나 여신이 나를 본래 모습으로 되돌려주셨다."

하지만 텔레마코스는 의심했다.

"저는 아버지의 얼굴을 기억하지 못합니다. 부탁드립니다. 저의 이야기를 들으신 모양인데 저의 아버지 오디세우스가 아니라면 더 이상 저를 놀리지 마십시오. 저와 저의 어머니는 20년 동안 슬픔에 잠겨 있었습니다. 사람을 농락하는 것은 큰 죄악입니다."

"거짓말이 아니다. 아들아, 내 말을 들어라. 나는 너의 아버지 오디세우스다. 나 말고는 이 세상에 오디세우스는 없단다."

텔레마코스는 오디세우스의 얼굴을 자세히 살펴보았다. 자신의 모습이 그대로 들어 있었다. 누가 봐도 자신의 아버지가 맞는 것 같았고, 온몸이 아버지의 존재를 확인하는 것 같았다. 두 사람은 격하게 부둥켜안고 기쁨에 겨워 흐느꼈다.

"흑흑흑!"

아버지와 아들은 한동안 끌어안고 얼굴을 어루만졌다.

"아버지, 그동안 어찌 지내셨습니까? 왜 이제야 돌아오신 겁니까? 오랜 기간 동안 왜 나타나지 않으셨습니까?"

"아들아, 미안하다. 신의 뜻에 따라 네가 이렇게 장성한 아들이 될 때까지 헤매 다니다 이제야 돌아오게 되었구나."

오디세우스는 자신의 모험담과 파이아케스인들에게 받은 보물을 숨겨놓았다는 이야기까지 들려주었다. 그리고 구혼자 패거리들이 궁궐에 자리 잡고 있다는 이야기도 들어서 알고 있다고 했다. 그동안 있었던 일들을 모두 듣고 나서 오디세우스가 물었다.

"그래, 너의 어머니에게 청혼한 그 못된 자들은 도대체 어떤 무기를 가지고 있으며 몇 명이나 되느냐?"

"118명입니다."

"꽤 많은 인원이구나."

"저를 배반하고 구혼자 패거리의 편에 붙은 하인들도 있습니다. 그 자들은 반드시 무장을 하고 궁에 들어옵니다. 자신들의 위세를 보여주려는 것입니다. 하지만 어머니에게 결혼을 조를 때만은 무장을 하지 않습니다."

"그들의 수가 많기는 하지만 불가능한 것은 아니다. 아테나 여신께서 우리와 함께할 테니 무장한 적들이 아무리 많다 해도 두려워할 것 없다."

오디세우스는 그들을 처단할 전략을 궁리하기 시작했다. 텔레마코스가 곧 궁으로 돌아가면 구혼자 패거리들은 공격적이고 모욕적인 태도를 보일 것이다.

오디세우스가 아들에게 말했다.

"자, 너는 가서 절대 그들과 맞상대하지 말거라. 공개적으로 저항하거나 공격하려 들지 않으면 그들은 안심하고 긴장을 풀 것이다. 네가 먼저 궁으로 들어가서 저들을 무찌를 준비를 끝내면 내가 거지로 변장해서 뒤따라 들어가겠다."

"그다음에는 어찌할까요?"

"그들이 무장을 하지 못하도록 그들의 무기를 모두 거둬서 창고에 넣어두거라."

"그들이 무기를 손에서 놓지 않을 텐데요."

"고기를 구워야 하는데 계속 무기를 들고 있으면 기름때가 껴서 안 좋을 거라고 말해라. 그러면 무기를 일단 손에서 놓을 것이다. 그런 다음에 두 번째 방법을 써라."

"무엇입니까?"

"술에 취해 서로 싸우는 모습을 어머니가 보고 싶어 하지 않는다고 말해라. 그래서 병장기를 안전한 곳에 치워두겠다고 하면 그자들은 잘 보이려고 너도 나도 무기를 내놓을 것이다."

"하하하! 맞습니다, 아버지. 어리석은 자들이라 그렇게 할 것입니다."

두 사람은 계획을 짜며 자신들이 진정으로 부자지간임을 느꼈다.

"또 무엇을 해야 할까요?"

"연회장에 있는 거지는 거지일 뿐이라는 것을 명심하도록 해라. 내 정체가 탄로 나지 않아야 이 일을 성사시킬 수 있다."

"알겠습니다."

텔레마코스는 아버지와 함께 어떤 계획을 세우는 것이 이렇게 설레고 흥분되는 일이라는 것을 처음 경험했다.

12

변장한 거지가 나타나다

　텔레마코스는 설레는 마음을 안고 궁으로 돌아갔다. 아니나 다를까 궁에서는 구혼자 패거리들이 한쪽 구석에서 술을 마시거나 창을 던지며 자기들끼리 시시덕거리고 있었다. 어떤 자들은 돼지 잡는 것을 구경하기도 했다. 그 모든 재산은 오디세우스의 것이었다. 텔레마코스가 나타나자 그들은 애써 당황한 표정을 감추며 인사했다.

　"왕자님께서 돌아오셨습니까? 모험은 잘하셨습니까?"

　겉으로는 그렇게 말했지만 사실 그들은 속으로 놀라고 있었다. 여행을 다녀온 사이에 텔레마코스는 어딘가 늠름해졌고 알 수 없는 자신감이 배어 나왔기 때문이다. 떠날 때의 아버지 없는 서러운 아들의 얼굴이 아니었다. 하지만 그들은 자세한 내막을 알 수 없었다. 뭔가 바뀌었는데 콕 집어서 뭔지는 알 수 없었다. 그들은 언젠가 적당한 때에 텔레마코스를 죽여 없애기로 밀약을 맺었다.

"저 아들을 없애야 페넬로페 왕비를 완전히 우리 것으로 만들고 이타카섬을 차지할 수 있지 않겠는가?"

"맞아, 때가 되면 없애버리자고."

텔레마코스도 그러한 분위기를 이미 온몸으로 느껴 알고 있었다. 안티노오스 일당이 자신을 죽이려고 사모스섬의 절벽 밑에 숨어 있었다는 것을 잊지 않았다. 속으로는 반드시 원수를 갚겠다고 이를 갈고 있었지만 얼굴은 웃으며 인사했다.

"잘들 지내셨소?"

명목상 그들은 여전히 자신의 궁에 찾아온 손님이었다. 궁으로 들어가자 어머니 페넬로페★가 반갑게 맞아주었다.

"아들아, 드디어 돌아왔구나!"

에우마이오스가 벌써 왕비에게 아들이 돌아왔다고 알려주었다.

"무사히 돌아와서 다행이구나."

"어머니, 그동안 평안하셨습니까?"

페넬로페는 구혼자 패거리들이 아들을 해치려 한다는 것을 이미 알고 있었다. 그래서 무사히 돌아온 아들을 보기만 해도 눈물이 흘렀다. 그것은 기쁨의 눈물인 동시에 슬픔의 눈물이었다.

"어머니, 너무 슬퍼하지 마세요. 이 슬픔은 곧 사라질 것입니다."

"그렇게 되면 얼마나 좋겠니? 그래, 아버지 소식은 들었느냐?"

"어머니, 아버지께서는 지금 고향으로 돌아오고 계십니다. 고향을 버릴 분이 아니지 않습니까?"

"그렇긴 하지만 이렇게 오랫동안 돌아오지 않고 있으니 알 수가 없구나."

"걱정하지 마세요. 아버지는 반드시 돌아오실 것입니다."

텔레마코스는 '아버지를 방금 만나고 왔습니다'라는 말이 목구멍까지 차오르는 것을 겨우 참았다. 아버지가 비밀을 지키라고 신신당부했기 때문이다.

궁을 나온 에우마이오스는 돼지들을 몰아 우리에 넣고 다시 오두막으로 돌아왔다. 그사이 오디세우스는 늙은 거지로 되돌아가 있었다. 아테나 여신이 돌려놓았던 것이다. 에우마이오스는 먼지투성이 옷을 털며 왕자님을 잘 데려다주었다고 말했다.

"돼지치기 양반! 나는 이제 산속에 사는 것이 지겹소."

"그럼 어쩔 생각이오?"

"동물들도 그만 보고 싶고 산이나 바다도 귀찮소. 사람 사는 곳에 가보고 싶소. 나를 좀

여기서 잠깐!!

오디세우스를 20년간 기다린 페넬로페는 《그리스 로마 신화》에서 유일하게 정절을 지킨 여인이야. 전쟁에 나간 용사들의 아내 가운데 이런 여자는 없었다고 해. 그녀와 오디세우스의 결혼에는 여러 가지 설이 있어. 그 가운데 하나가 페넬로페를 상으로 내건 경주에서 오디세우스가 승리했기 때문이라는 것과 오디세우스의 지혜 덕에 이카리오스가 딸을 내주었다는 설이야. 가장 정설은 헬레네에게 구혼하러 갔다가 사촌 동생인 페넬로페와 결혼했다는 것이지. 오디세우스가 떠나고 페넬로페가 그의 모든 권력과 재산을 대신 맡아 관리했어. 하지만 오랫동안 여자 혼자 지내다 보니 많은 청혼자들이 찾아오게 된 거야.

데려다주시오."

"거참 번거롭게 하는군."

에우마이오스는 귀찮은 듯 투덜거렸지만 늙은 거지에게서 범상치 않은 기운을 느끼고 순순히 따라주었다. 그는 젊은 돼지치기에게 말했다.

"이 노인을 데리고 궁에 갔다 올 테니 돼지들을 잘 돌보고 있어라."

에우마이오스는 몸이 불편한 노인에게 지팡이 하나를 건네주고 함께 산을 걸어 내려갔다. 에우마이오스는 아는 사람을 만나면 인사도 하고 안부도 물었다.

그 가운데는 염소치기 멜란티오스*도 있었다. 그는 왕실의 염소들을 맡아서 기르는 자였다. 기회주의자인 멜란티오스는 오디세우스가 멀리 떠난 뒤에 혹시나 구혼자들 중에 하나가 왕이 된다면 자신이 조금은 나아지지 않을까 싶어 그쪽에 붙었다. 한마디로 변절한 염소치기였다. 에우마이오스가 여전히 세상 돌아가는 것을 모르고 오디세우스에게 충성하는 것을 보며 항상 놀려댔다. 그날도 에우마이오스를 보자 비아냥거렸다.

"어이! 돼지 같은 돼지치기! 아직도 정신을 못 차렸나? 세상이 바뀌었단 말일세. 자네 같은 자는 궁전의 고기나 축내는 쓸모없는 인간일 뿐이야!"

그러면서 멜란티오스는 뒤따라오는 거지 노인을 보았다.

"이 노인을 궁으로 데려가는 거냐?"

"그렇다네."

"이런 밥버러지 같으니라고. 뭐하러 데려가는 거야? 궁전에는 이미 사람들로 득시글거린단 말이야."

"우리 왕께서 불쌍한 사람을 돌보라고 하지 않았던가!"

"다 쓸데없는 짓이야!"

멜란티오스는 들고 있던 작대기로 거지 노인의 엉덩이를 두들겨댔다. 똥이 무서워 피하는 게 아니라 더러워서 피하는 법이다. 멜란티오스를 피해 오디세우스와 에우마이오스는 서둘러 발걸음을 재촉했다. 멜란티오스를 만나 봉변을 조금 당한 거 말고는 별일 없이 그들은 궁에 도착했다.

거의 20년 만에 궁을 보자 오디세우스는 울컥했다. 궁은 변한 게 거의 없었다. 궁문 앞에는 궁에서 나온 가축과 사람의 분뇨로 만든 거름이 쌓여 있었다. 곧 논과 밭, 그리고 각종 과수 밑에 거름이 뿌려질 것이다. 발효되느라 열이 나는 거름 옆에 늙은 개 한 마리가 엎드려 졸고 있었다. 젊었을 때는 알아주는 사냥개로 오디세우스가 사랑하던 녀석이었다. 하지만 이미 세월이 흘러 곧 죽음을 앞두고 있었다. 늙은 개는 온몸에 개벼룩이 붙어 있었고, 비루가 오른 털은 거칠었다. 두 사람이 지나가

여기서 잠깐!!

역시 오디세우스의 재산을 관리하는 자였어. 정원사이자 시종이었던 돌리오스의 아들이며 시녀 멜란토의 오빠인데 함께 오디세우스를 배신하지. 왕의 혈통인 돼지치기는 의리를 지키는 데 반해 천한 신분인 염소치기는 배신하는 이야기는 그만큼 혈통이 중요하다는 메시지를 반영한 것일 수도 있어. 배신의 대가가 혹독하다는 것을 보여주기도 해.

자 늙은 사냥개는 물끄러미 쳐다보았다. 그러나 개는 바로 알아차렸다. 그가 바로 20년 동안 보지 못한 주인임을. 하지만 늙은 개는 일어날 힘이 없었다. 귀를 쫑긋거리고 꼬리만 몇 번 흔들 뿐이었다. 오디세우스는 개를 보고 중얼거렸다.

"아르고스로구나."

그러나 대놓고 아는 척할 수는 없었다. 그가 전쟁에 나갈 때는 젊고 늠름한 개였던 아르고스가 늙어서 이제 곧 운명을 다하려 하고 있었다. 오디세우스는 일어날 힘도 없이 꼬리만 치는 개의 머리를 쓰다듬으며 말했다.

"젊었을 때는 아주 멋진 개였을 텐데, 이렇게 똥 무더기에 엎드려 있구나."

에우마이오스가 맞다는 듯 고개를 끄덕였다.

"굉장한 개였소. 젊은 사냥꾼들이 이 개와 함께 나가면 온 들판의 사슴, 염소, 토끼를 다 잡아 왔으니까."

"그런데 왜 이 모양이 되었소?"

"주인이신 오디세우스 왕께서 떠나신 뒤로는 누구도 돌봐주지 않았소. 게다가 궁을 차지한 구혼자 패거리들이 쫓아내서 들개가 되다시피 했지."

오디세우스는 자기가 사랑하는 개의 처지가 바로 이타카섬의 처지와 같다는 생각이 들었다. 어떻게든 마지막을 돌봐주고 싶었지만 사람들의 이목이 있어 그럴 수 없었다. 주인을 본 개는 너무 기쁜 나머지 온몸을 부르르 떨며 경련을 일으키더니 그대로 숨을 거두고 말았다. 충직

하게 20년을 기다려온 개는 마지막으로 주인을 만나고 세상을 떠났다. 오디세우스는 찢어지는 가슴을 다독이며 말했다.

"불쌍한 개로구나. 부디 평온한 곳으로 가기를 바란다."★

오디세우스는 걸음을 재촉해 에우마이오스의 뒤를 따라 궁으로 들어갔다. 하지만 자신의 궁 연회장에도 함부로 들어갈 수 없었다. 이미 구혼자 패거리들은 돼지를 잡고 고기를 구워 신나게 먹고 마시며 흥청망청 즐기는 중이었다. 수금을 타며 노래를 부르기도 했다.

오디세우스는 바깥에 나그네들을 위해 마련한 자리에 기대앉았다. 안을 들여다보니 텔레마코스가 높은 자리에 앉아 있었다. 그는 아버지 오디세우스가 입구에 앉아 있는 것을 보자 하인을 불렀다.

"에우마이오스를 오라고 하게."

밖에 있던 에우마이오스가 황급히 연회장으로 들어갔다.

"저 입구 밖에 있는 노인에게 먹을 것을 내주게."

"알겠습니다."

여기서 잠깐!!

개가 20년 넘게 산다는 것은 거의 기적적인 일이야. 공식적인 개의 장수 기록은 29년 5개월이래. 오스트레일리아의 양치기 개가 1939년 11월 14일 사망하면서 세운 기록인데 실제로는 거의 불가능하지. 이런 장치를 넣은 것은 배신을 밥 먹듯이 하는 인간들은 개만도 못하다는 메시지를 담기 위해서인 것 같아.

하인들이 보리빵과 돼지고기를 차려 오자 에우마이오스는 그것을 오디세우스에게 가져다주었다. 오디세우스는 고픈 배를 채우며 고향의 음식을 맛있게 먹었다. 100명이 넘는 구혼자 패거리들은 자기 집인 양 곳곳에 앉아 음식을 먹거나 술을 마시고 노래를 불러댔다. 시인들은 하녀들의 엉덩이를 만지기도 하고, 몰래 데리고 은밀한 곳으로 가기도 했다. 오디세우스는 보고만 있어도 눈에서 불이 튀는 것 같았으나 냉정을 찾으려 애썼다.

'이자들이 과연 어떤 마음을 갖고 있는지 한번 떠봐야겠다.'

오디세우스는 지팡이를 짚고 비틀거리며 일어나 낡아빠진 주머니 하나를 벌려서 지나가는 구혼자들 앞에 내밀었다.

"적선하십시오. 가난한 늙은 거지입니다."

"그래, 나그네는 잘 대접해야지."

그 구혼자는 자기가 먹던 뼈다귀를 주머니에 넣었다.

"고마워해야지. 왜 고마워하지 않는가? 늙은 거지!"

모욕적인 행동에도 오디세우스는 고개만 끄덕였다. 빵 부스러기와 과일 껍질을 넣는 자도 있었다.

이때 텔레마코스를 죽이려고 바다에 나갔다 돌아온 젊은 귀족 안티노오스는 의자를 들어 냅다 오디세우스의 어깨를 쳤다.

"늙은이! 너에게 해줄 말은 이것이다. 이 안티노오스 어르신이 결혼식을 하기 전에 반드시 죽기를 바란다! 하하하."

하지만 사람들은 함께 웃을 수 없었다. 결혼식을 앞두고 누군가를 홀대하거나 슬프게 하면 그것이 원한이 되어 저주를 받는다고 했기 때문이다. 안티노오스의 행동은 분명 불길한 징조였다. 웃는 사람도 있었지만 또 다른 사람들은 자기들끼리 중얼거렸다.

"나그네를 푸대접하면 큰 화를 입을 텐데."

"맞아. 어떤 신이 변장하고 왔는지 모르잖아. 신인 줄도 모르고 나그네를 푸대접해서 저주받은 일들이 좀 많았는가."

이 모습을 지켜보던 시녀가 페넬로페에게 전했다.

"왕비님, 구혼자들이 처음 온 늙은 거지를 마구 푸대접하며 조롱하고 있습니다."

"아니, 이럴 수가! 나의 손님을 그자들이 왜 조롱한단 말이냐!"

페넬로페는 화가 났다. 그녀는 다른 나라에서 나그네 신세로 지낼 남편을 생각하면서 이타카에 들어온 나그네를 특별히 배려해주라고 일러놓은 터였다. 그리고 먼 곳에서 온 나그네에게는 반드시 오디세우스의 소식을 물어보거나 전쟁 이야기를 듣곤 했다.

"안 되겠다. 에우마이오스가 데리고 온 그 늙은 거지를 나에게 데려오너라. 이야기나 들어봐야겠다."

"예, 왕비님."

시녀는 황급히 달려가 에우마이오스에게 이 사실을 전했다.

"왕비님께서 늙은 거지를 만나고 싶어 하십니다."

에우마이오스는 화색이 되어 오디세우스에게 말했다.

"일어나시오. 왕비님께서는 나그네에게 친절한 분이오."

오디세우스는 가슴이 뛰었다. 하지만 내색할 수는 없었다.

"늙은 거지를 왕비님께서 맞아주신다니 영광이오. 하지만 나는 이미 모욕을 당했소. 왕비에게 구혼하려는 저자들이 모두 돌아가지 않는 한 왕비님 앞에 가지 않겠소.”

“왜 그러시오? 왕비님을 만나는 것은 더없는 영광이오.”

“저자들이 더 큰 모욕을 주면 어떡하오?”

“왕비님께 가서 일단 그리 전하겠소.”

에우마이오스는 왕비에게 가서 아뢰었다.

“왕비님! 늙은 나그네가 불러주신 건 영광이지만 구혼자들에게 봉변을 당할까 봐 가까이 오기 어렵다고 합니다!”

“알겠다. 그럼 내가 가면 될 것 아니냐? 조용해지면 내가 가서 그 나그네를 만나겠다.”

“그대로 전하겠습니다!”

오디세우스는 연회장 입구에 앉아 시간이 가기를 기다렸다. 구혼자 패거리들이 제풀에 지쳐 돌아가고 나면 그때 페넬로페를 만나기 위해서였다.

13

탄로 난 정체

하지만 이때 또다시 찾아온 늙은 거지가 하나 있었다. 덩치만 컸지 힘도 없고 기운도 없는 이로스라는 자였다. 늘 자기가 앉던 자리에 낯선 거지가 앉아 있자 그는 버럭 소리를 질렀다.

"네 이놈 당장 꺼져라! 여기는 원래 내 자리다."

오디세우스는 어처구니가 없었지만 너그럽게 응대했다.

"그대도 나와 같은 처지인 모양인데 그쪽에 앉으면 될 것 아니오! 음식이 저토록 많은데 왜 다투려고 하는 것이오?"

"어디서 나타난 놈이 내 자리를 넘보는 것이냐?"

"어떻게 이 자리가 당신의 자리요? 여기는 왕궁이 아니오?"

"네놈이 감히 나와 나눠 먹겠다는 거냐? 당장 나와라! 한판 붙어보자. 가만두지 않겠다!"

이로스는 결투를 신청한 것이었다. 마침 식사를 마치고 재미있는 구경거리가 없나 싶던 터에 구혼자들은 신이 났다.

"어이, 거지들! 싸워도 될 걸 왜 말로 하나!"

"재미있는 구경거리가 되겠어!"

구혼자 패거리들은 둘의 싸움을 부추겼다.

"이기는 거지에게는 음식을 한 보따리 주겠네!"

"음식만 가지고 되겠나? 거지왕으로 만들어주세!"

"그거 좋네! 거지왕!"

"이름만 왕이어서는 곤란해! 이 구역에서는 거지왕이 혼자 다 구걸해서 먹도록 해주지. 하하하!"

"아, 그거 좋군! 대단한 포상이야!"

오디세우스는 싸우고 싶지 않아 자리에 웅크리고 앉았다. 하지만 이로스가 멱살을 잡아당겼다. 도전을 거부할 수도 없고, 싸움에서 지는 것은 더더욱 있을 수 없는 일이었다.

"네가 정 원한다면 상대해주마!"

오디세우스는 자리에서 일어났다. 구혼자 패거리들은 신이 나서 소리쳤다.

"와! 저 노인네도 한가락 했나 봐!"

오디세우스가 누더기를 벗자 근육이 불끈불끈 치솟은 어깨와 팔이 드러났다. 이로스는 자신의 팔과 비교해보았다. 살이 출렁출렁한 자기 팔로는 근육질의 거지와 상대할 수 없을 것 같았다. 본전도 못 찾고 두들겨 맞을 게 뻔했다. 이로스가 슬금슬금 뒷걸음질을 치는데 뒤에 있던 구혼자 패거리들이 그를 앞으로 밀었다.

"뭐 하고 있나! 싸우자고 했으니 앞으로 가야지!"

이로스는 더 이상 도망칠 수도 없었다. 연회장 입구에는 담장을 치듯이 사람들이 둥그렇게 둘러서서 순식간에 싸움터가 만들어졌다.

이왕 이렇게 된 바에는 어쩔 수 없다는 듯이 커다란 덩치의 이로스가 달려들었다. 하지만 실전에 능한 오디세우스가 허튼 주먹에 맞을 리 없었다. 슬쩍 비켜서며 주먹으로 정확하게 이로스의 얼굴을 가격했다. 그걸로 족했다. 이로스는 장작더미가 무너지듯 쓰러져 그대로 기절했다. 입과 코에서 피가 쏟아졌다. 핏물이 코와 목구멍으로 넘어가면 질식할 것 같아서 오디세우스는 이로스의 멱살을 잡아 벽에 기대앉혀 놓았다. 고개를 떨구고 앉아 있던 이로스는 잠시 뒤 숨을 내뱉었다. 그의 입에서 피가 쏟아지자 사람들은 모두 환성을 질렀다.

"와아! 한 방에 끝났어! 저 늙은이가 거지왕일세!"

그때 오디세우스가 말했다.

"귀족 나리 여러분! 궁전의 연회장이 이렇게 소란스러워서야 되겠습니까? 모두 돌아가세요. 이 궁전의 주인이 이렇게 난장판이 된 모습을 보고 좋아하시겠습니까?"

"뭐라고! 거지 주제에 어디서 이래라저래라 하는 것이냐. 네가 이 궁전의 주인이라도 된단 말이냐!"

구혼자 중의 하나인 에우리마코스가 의자를 집어서 오디세우스에게 던졌다. 의자는 번개처럼 날아갔지만 오디세우스는 슬쩍 피했다. 의자가 부딪힌 곳은 포도주를 잔뜩 놓아둔 진열장이었다. 진열장이 쓰러지면서 포도주를 담아놓은 병들이 산산조각 났다.

"아하하하! 잔치에 풍악이 울리는구나!"

구혼자 패거리들은 흥분해서 마구 집어 던졌다.

오디세우스는 가만히 앉아 시간이 가기만을 기다렸다. 잠시 뒤 그들은 취한 몸을 이끌고 각자 숙소로 돌아갔다.

"내일 또 봄세! 오늘 참 재밌었네!"

이윽고 밤이 깊어 모두 돌아가자 텔레마코스가 조용히 다가왔다.

"아버지, 구혼자 패거리들이 모두 돌아갔습니다."

"그래. 그럼 이제 시작하자."

그들이 놓고 간 활과 창은 연회장 곳곳에 기대어 있었다. 보석이 박히고 이름이 적힌 무기들을 모아 창고로 옮겼다. 연회장 안에는 더 이상 무기가 없었다. 텔레마코스는 인사를 하고 처소로 돌아갔다.

"아버지, 내일 뵙겠습니다."

"그래, 큰일을 해야 하니 푹 쉬어라."

오디세우스는 어두운 연회장 구석에 앉아 조용히 기다렸다. 연회장 안에는 벽난로에서 일렁이는 불빛만이 살아 움직일 뿐이었다.

잠시 후 하녀들이 모두 나와 난장판이 된 연회장을 치웠다. 그들은 구혼자 패거리들 중 누가 마음에 든다는 둥 깔깔대며 수다를 떨었다. 그때 한 하녀가 깜짝 놀라 외쳤다.

"어머나, 사람이 있어!"

하녀 가운데 우두머리가 오디세우스의 얼굴 앞에 횃불을 갖다 댔다.

"빨리 나가세요! 왜 여기 있는 거예요?"

그때 궁으로 들어오던 페넬로페가 그 모습을 보았다.

"손님에게 무슨 짓이냐?"

"왕비님, 나오셨습니까?"

"의자를 가져다주어라!"

의자를 갖다 놓자 오디세우스가 앉았다.

"너희는 모두 물러가 있거라."

하녀들이 물러가자 페넬로페는 양가죽이 깔린 자기 의자에 앉았다.

"노인은 어디에서 온 누구인가? 우리 시녀들이 무례를 범한 것을 용서하게."

순간 오디세우스는 당황했지만 얼른 둘러댔다. 이미 각 섬을 다니며 수많은 경험을 했던 그는 임기응변에도 능했다.

"저는 크레타의 왕자입니다만 트로이아 전쟁에는 참전하지 못했습니다."

"오디세우스 왕의 소식을 들은 게 있는가?"

"오디세우스 왕께서는 트로이아로 가시는 길에 우리 크레타에 들르셨습니다."

"그게 정말인가?"

"그렇습니다. 우리 궁전에 머무르시면서 이타카의 배를 수리하고 떠나셨습니다."

페넬로페는 지어낸 이야기에도 눈물을 흘렸다. 오디세우스를 만났다는 사람을 만났기 때문이다. 그동안 이타카에는 오디세우스의 소식을 전하겠다며 찾아온 사기꾼들이 너무나 많았다. 그들은 가짜 이야기를 만들어서 잘 대접받고 가려는 심산이었다. 그런 사람들에게 늘 속아왔던 페넬로페는 거지 노인을 시험해보고 싶었다.

"오디세우스 왕을 직접 보았다고 했는데, 정말 그 사람인지 확인해 봐야겠다. 만날 당시에 어떤 옷을 입고 있었는가?"

오디세우스는 고개를 끄덕였다. 그동안 얼마나 많은 거짓말에 속았을지 짐작할 수 있었다.

"여북하시겠습니까? 보라색 겉옷을 입으셨습니다. 브로치로 집어서 겉옷을 여미셨는데 암사슴을 겁주는 사냥개 모양의 브로치였지요. 겉옷 안에는 아주 부드러운 속옷을 입고 있었습니다."

그것은 이타카를 떠날 때 페넬로페가 직접 만들어서 오디세우스에게 걸쳐준 옷이었다. 페넬로페는 울음을 터뜨렸다.

"으흑흑! 그 옷을 내가 만들어서 입혀드렸다!"

오디세우스는 가슴이 뭉클했다.

"왕비님, 눈물을 거두십시오! 저 역시도 불운이 겹쳐서 이렇게 고향에 가지 못하고 방황하고 있습니다."

"또 다른 소식은 없는가?"

"몇 가지 들은 것이 있습니다."

"어디 계시는지는 알고 있는가?"

"왕께서는 선원과 병사들을 다 잃었지만 살아 계시다고 합니다. 그리고 지금 고향으로 돌아오고 계시다는 이야기를 들었습니다."

그런데 기뻐해야 할 페넬로페는 고개를 저었다.

"믿을 수 없다. 그런 말을 한두 번 들은 게 아니다. 헛된 믿음으로 너무 오랜 세월을 보냈어. 이 늙은 여인에게 괜한 희망을 불어넣지 마라."

페넬로페가 깊은 상처로 고통받고 있는 것을 보고 오디세우스는 더 이상 말할 수 없었다. 그렇다고 자신의 정체를 밝힐 수도 없었다. 연회장 밖에서 시녀들이 모두 안을 들여다보고 있었기 때문이다.

"밤이 깊었다. 내 집이다 생각하고 편안히 지내게. 그대의 발을 씻겨줄 사람을 보내주겠네."

페넬로페가 나가면서 유모 에우리클레이아를 불렀다.

"유모! 저 나그네의 발을 씻겨주게!"

"알겠습니다."

에우리클레이아는 뜨거운 물을 받아 와서 오디세우스의 발을 씻겨주려고 무릎을 꿇고 앉았다. 늙은 거지의 발에는 온통 먼지가 끼어 있었고 군데군데 상처가 나 있었다. 오디세우스는 늙은 유모를 너무나 잘 알고 있었다. 어릴 때부터 자기를 키워주었던 유모였다. 페넬로페는 몰라도 유모는 단번에 알아볼 거라는 생각에 어둠 속으로 물러났다. 에우리클레이아는 이가 다 빠져 합죽한 입으로 말했다.

"나그네여! 발을 내미시오. 나는 늙은 노인네이지만 손님들 발을 씻겨드리는 일을 큰 보람으로 여긴다오."

"오, 고맙소."

"지금 객지에서 고생하시는 우리 주인님도 누군가 이렇게 발을 씻겨주겠지 하는 마음으로 봉사하는 것이니 미안해할 필요 없소. 비록 어두

워서 자세히 볼 수는 없지만 나그네의 풍채를 보아하니 우리 주인님과
비슷하군. 좋은 옷 입고 잘 가꾸면 귀족의 풍모를 보일 것 같구려. 손과
발도 주인님과 아주 비슷하고."

뜨거운 물을 다리에 적셔주던 유모는 갑자기 놀랐다.

"아니, 왜, 왜 그러시오?"

유모는 늙은 거지의 발을 씻다가 무릎 위쪽부터 허벅지 안쪽 깊숙이
까지 이어진 흉터를 보고 말았다. 이 흉터는 오디세우스가 어릴 때 멧
돼지 사냥을 따라 나섰다가 몰이꾼들에게 몰려 도망치던 멧돼지에게
물린 자국이었다. 멧돼지의 어금니에 찍혀 길게 찢어진 자국을 보고 유
모는 깜짝 놀랐다.

"이 흉터는 우리 도련님…… 아니 주인님! 주인님이시지요?"

늙은 유모는 변장한 오디세우스를 단번에 알아보았다. 그녀는 이타
카의 궁에서 늙은 사냥개 아르고스 다음으로 오디세우스의 정체를 알
아챈 사람이었다. 유모는 들고 있던 오디세우스의 발을 대야에 첨벙 떨
어뜨렸다.

"맞지요, 주인님! 아! 왕비님!"

유모가 페넬로페를 부르려는 순간, 오디세우스는 그녀의 손을 잡고
제지했다.

"유모, 조용히 하게!"

연회장 밖으로 나가던 페넬로페는 유모가 부르는 소리에 고개를 돌
리려 했다. 그때 아테나 여신이 환한 빛을 뿜어내 페넬로페의 주의를
그쪽으로 돌렸다.

"어머, 저 빛은 뭘까?"

신비로운 빛에 시선이 쏠린 페넬로페는 유모의 말을 듣지 못했다. 오디세우스는 유모의 입을 막고 귀를 가까이 당겨 속삭였다.

"유모, 나는 비밀리에 돌아온 것이네."

유모는 눈을 크게 뜬 채 고개를 끄덕였다. 하지만 온몸이 떨리는 것까지 막지는 못했다.

"주인님, 조용히 입을 다물고 있겠습니다."

유모는 덜덜 떨며 어떤 사람의 발보다 정성껏 씻기고 수건으로 물기를 닦은 뒤 올리브유를 발라 문질렀다.* 유모는 대야를 들고 연회장 바깥으로 나갔다. 오디세우스가 발을 깨끗이 씻자 페넬로페가 다시 다가왔다.

"우리 유모가 깨끗이 씻어드렸으니 이제 피로가 풀릴 것이네."

"감사합니다, 왕비님."

"보다시피 나는 구혼자들에게 고통받고 있네. 오디세우스 왕께서 돌아오지 않으면 저들 중 한 명을 남편으로 받아들여야 할지 모르네. 그 누구도 남편인 오디세우스만 못한데 내가 어찌 저들 중 하나와 결혼해서 살 수 있겠는가?"

여기서 잠깐!!

《그리스 로마 신화》에서는 올리브유가 자주 등장해. 최고의 건강식품인 것은 물론이고, 피부에 바르면 보습제 역할을 하지. 피부의 염증을 완화해 주는 항균 효과도 있어서 화장품의 원료가 되기도 해. 지중해 지역의 특산물이라고 하지. 이런 고마운 올리브유는 기원전 3500년 전부터 재배했다고 해. 지혜의 여신 아테나가 이 나무를 아테네에 선물해서 번영과 풍요를 가져오게 했다고도 하지. 종교의식에서 약용으로 쓰이면서 필수품이 되었어.

"왕비님, 그렇다면 대회를 하나 여십시오. 그 대회에서 우승한 자와 결혼하겠다고 하는 것입니다."

하지만 페넬로페는 어차피 결혼을 피할 수 없는 일이기에 노인의 말을 흘려듣고 물레에 실 감는 일에 열중했다. 그러다 갑자기 허공을 바라보며 중얼댔다.

"아, 좋은 생각인지도 모르겠구나. 그 대회에서 우승하지 못하면 나에게 청혼하지도 못하겠지?"

"그렇습니다. 무슨 대회를 여시겠습니까?"

"남편의 활이 아직도 궁에 있다. 그 활은 오디세우스 왕이 아니면 당길 수가 없지. 그 활을 가지고 대회를 열면 되겠어."

"오디세우스 왕께서는 어떤 재주를 가지고 계셨습니까?"

"도끼 열두 자루의 고리를 일렬로 세워놓고 그 사이를 화살로 관통했네. 그 누구도 당할 수 없는 활솜씨였지. 그래, 활쏘기 대회를 열어야겠다. 남편의 화살로 열두 개의 구멍을 통과시키는 자와 결혼하겠다고 하면 되겠어. 그런 사람이 나타나면 그것은 신의 뜻이라 생각하고 이 궁을 떠나겠네."

"하지만 그런 자가 없다면요?"

"없으면 더 좋은 일이지. 나에게 맞는 배필이 없다는 명분을 내세워 그들을 모두 쫓아낼 수 있지 않겠는가?"

"그거 좋은 생각입니다. 당장 대회를 여십시오."

페넬로페는 지겨운 구혼자들에게서 드디어 벗어날 수 있다는 생각에 홀가분한 마음을 안고 자신의 침전으로 올라갔다.

14

살육의 시작

오디세우스는 그날 밤을 뜬눈으로 보냈다. 잠을 잘 수가 없었다. 밤새도록 어떻게 하면 저 많은 구혼자 패거리들을 해치울까 고민했다. 타고난 전략가인 그의 머릿속에서는 끝없이 생각을 쌓고 허무는 두뇌의 전쟁이 벌어지고 있었다. 아테나 여신은 이런 오디세우스를 보자 걱정이 앞섰다.

'저렇게 피곤해서는 안 되지. 적들을 무찌르려면 충분히 쉬어야지.'

아테나 여신은 오디세우스를 잠재웠다. 오디세우스는 죽은 듯이 깊은 잠에 곯아떨어지고 말았다.

아침에 시끄러운 닭 울음소리와 그날 잡을 돼지와 염소들을 끌고 오는 소리를 듣고서야 오디세우스는 잠에서 깼다.

"제우스 신이시여! 제가 하고자 하는 일을 도와주시옵소서. 저를 도와주시겠다는 징조를 보여주소서! 이 나약한 인간 오디세우스는 너무나 무섭고 두렵습니다."

올림포스산에 있던 제우스는 오디세우스의 기도를 듣고 하늘에서 천둥소리를 울렸다. 오디세우스는 올림포스의 신들이 자신을 도와주리라는 확신이 들었다.

하녀들은 아침부터 빵을 구우려고 절구에 밀을 빻고 있었다. 이때 맷돌을 돌리는 노인은 바로 그의 유모였다.

"오! 제우스 신이시여, 늙은이가 맷돌을 돌리려니 너무나 힘이 듭니다. 이번에 빻는 것이 마지막이 되게 해주소서. 연회장에서 놀고먹는 저 불한당들을 모조리 처치하게 해주시옵소서! 이것이 저들의 마지막 음식이 되게 하소서!"

제우스 신의 징조에 이어 노파가 예언하듯 읊조리는 소리를 듣고 오디세우스는 기운을 얻었다. 온몸의 근육에 팽팽한 긴장이 감돌았다.

이윽고 하인들이 그날의 연회를 준비하기 시작했다. 연회장 바닥에 물을 뿌려서 닦고 의자마다 깔개를 놓았다. 식재료를 준비하거나 요리하는 모습은 일사불란했다. 하루 이틀 해본 솜씨가 아니었다.

이를 보고 있던 오디세우스는 더욱더 분노가 치밀었다. 남의 궁전에 와서 허락도 없이 민폐를 끼치는 저자들이 생각할수록 괘씸했다.

그때 돼지치기 에우마이오스가 그날 잡을 돼지를 끌고 왔다. 그는 벌써 친구가 된 것처럼 오디세우스를 보고 반갑게 인사했다.

"노인! 잘 잤소? 맛있는 음식은 얻어먹었소?"

"덕분에 잘 먹었소. 돼지치기 양반도 잘 있었소?"

다정하게 인사를 나누고 있을 때 염소치기 멜란티오스가 그날 잔치에 쓰일 염소를 끌고 오다가 이야기를 나누는 두 사람을 보았다.

"거지 노인네! 아직 안 갔나? 내가 도와줘야 꺼질 텐가? 사라지는 게 좋을 텐데?"

이때 소치기 필로이티오스가 소를 몰고 들어왔다. 역시 그날 잔치에 쓰일 소였다. 필로이티오스는 전날 구혼자 패거리들이 거지 하나를 욕보였다는 이야기를 들었다. 그는 손님을 박대하는 것은 있을 수 없는 일이라고 생각했다.

그는 멜란티오스를 보고 으름장을 놓듯이 말했다.

"주인님만 계셨다면 네놈이 저렇게 노인을 홀대하거나 구박하지는 못했을 것이다!"

그는 오디세우스에게 달려가 팔을 잡으며 인사했다.

"나는 당신을 환영하오. 이곳에서 푸대접을 받았다고 들었는데, 곧 좋은 날이 오지 않겠소? 내 소를 마구 잡아먹는 저자들에게도 반드시 끝이 있을 것이고, 인과응보로 벌이 내릴 것이오."

오디세우스는 거지 복장을 하고서야 누가 자기편인지 알 수 있었다.

이윽고 아침 식사 시간이 되자 구혼자 패거리들이 삼삼오오 시끄럽게 떠들며 연회장으로 들어왔다. 그들은 비용도 내지 않고 몇 년째 이곳에서 무위도식하는 중이었다.

텔레마코스가 사냥개 몇 마리를 이끌고 사냥창을 들고 나타났다. 그는 몰래 조용한 곳으로 오디세우스를 데려가 속삭였다.

"아버지, 오늘은 입구 바깥에 앉지 마시고 안으로 들어가서 당당하게 자리를 잡으세요."

"알겠다. 문을 잠가야 하는구나."

"네, 하녀들에게도 말해놓겠습니다."

텔레마코스는 안으로 들어가 분부했다.

"상쾌한 아침이다! 오늘은 모든 손님들이 안에 들어와서 맛있는 음식을 먹을 수 있도록 준비해라!"

"밖에 있는 거지도 말씀이십니까?"

"물론이다. 그들도 우리의 손님이다. 똑같은 양의 음식을 남지도 모자라지도 않게 나눠주어라!"

음식이 똑같이 배분되는 것을 보고 뱃이 꼬인 구혼자 크테시포스가 말했다.

"그럼 그럼! 다른 손님과 공평하게 나눠줘야지! 하지만 나는 저 노인네에게 좀 더 좋은 선물을 주고 싶다네!"

그는 큼직한 우족 덩어리 하나를 집어서 오디세우스를 향해 냅다 던졌다. 하지만 실전을 익힌 데다 운동신경이 예민한 오디세우스였다. 그가 몸을 돌려 피하자 우족은 그대로 벽에 맞고 떨어졌다.

"이게 무슨 무례한 횡포요?"

텔레마코스가 크테시포스에게 항의했다.

"저 사람은 비록 행색은 초라해도 나의 손님이라고 분명히 말하지 않았소. 왕비님의 새로운 신랑을 뽑는 행사는 평화로운 분위기에서 진행되어야 하거늘. 그런데 이런 무례를 저지르면 어머니께서 좋아하시 겠소?"

텔레마코스의 말은 하나도 틀린 것이 없었다. 다른 구혼자들도 조금 심했다고 생각하는 표정이었다.

그때 갑자기 한 사람이 배를 잡고 웃었다.

"아하하! 재미나는걸! 하하하!"

"흑흑 맞아. 불쌍한 노인네야."

또 어떤 사람은 울었다. 정신이 나간 것처럼 울다 웃다 하는 소리에 연회장은 온통 시끄러웠다. 아테나 여신이 오디세우스를 도와주려고 이곳 분위기를 흐트러뜨리기 위해 마법을 부린 것이었다.

분위기가 이상해지자 불길함을 느낀 귀족 하나가 말했다.

"여보게들, 이건 이상한 조짐일세. 통곡 소리가 들리는 것 같아. 아, 나에게 미래를 보는 능력이 조금 있다네. 이 연회장 바닥과 벽이 온통 피범벅으로 보여. 그대들이 영원히 타르타로스로 가는 것이 보인다네. 하늘의 태양도 가려져 사방이 온통 어둠이네. 이런 끔찍한 장면은 난생 처음일세!"

일종의 예언이었지만 구혼자 패거리들은 조금도 신경 쓰지 않았다.

"무슨 헛소리요. 궁전이 왜 어둡단 말이오? 그렇다면 불을 켜고 밖으 로 나가시오. 하하하!"

"알았네! 나는 나가겠네. 이곳에 있을 수가 없네. 죽음의 그림자가 다 가오고 있어. 더 이상 자네들과 섞이고 싶지 않아!"

그는 연회장 문을 열고 바깥으로 도망쳤다. 아마도 그가 믿는 어느

신이 그에게 예감을 내려준 것이 분명했다. 나머지 구혼자 패거리들은 배를 잡고 웃었다.

"하하하! 저런 겁쟁이 같으니! 갑자기 왜 저러는 거야?"

"그러게 말이야! 오늘 세상에 종말이라도 오는 건가?"

그들은 여전히 어리고 얼굴이 상기되어 있는 텔레마코스를 놀리기 시작했다.

"그래서 왕자님, 우리가 저렇게 죽으면 좋겠다는 거요? 왕자님은 우리가 죽길 바라시겠지."

기를 꺾어놓으려는 듯 시비를 걸었다. 하지만 텔레마코스는 눈을 부릅뜬 채 입을 꼭 다물고 있었다. 아버지 오디세우스가 신호를 보내기만 하면 이자들을 모두 처단하려고 한껏 긴장하고 있었다. 이때 시녀가 나와서 알렸다.

"왕비님께서 납십니다!"

모두 일어나 예를 갖췄다. 페넬로페의 뒤를 따라 들어오는 시녀는 커다란 상자 하나를 들고 있었다. 페넬로페는 기둥 앞에 서서 구혼자 패거리들을 내려다보며 말했다.

"여러분들이 그동안 나에게 거듭 청혼하니, 나로서도 더 이상은 견딜 수가 없소. 오늘 드디어 결심했소."

그녀의 말에 함성이 터져 나왔다.

"와! 드디어 오늘이구나! 만세!"

"진정하시오. 나는 여러분 중에 한 사람을 뽑을 수밖에 없소. 그 사람과 결혼해야 하는 운명이니까. 하지만 아무나 선택할 수는 없는 노릇 아니겠소?"

"맞습니다! 왕비님께서 우리 중에 최고로 우수한 자를 뽑으십시오! 그자는 바로 나일 테니까! 하하하!"

구혼자들은 가슴을 두들기거나 휘파람을 불며 자신의 존재감을 드러내려 애썼다.

"맞소. 그래서 여러분들에게 어려운 시험을 하나 내겠소. 우선 저 장식용 도끼 열두 자루를 일렬로 세우겠소. 보다시피 도끼에는 고리가 있소."

오디세우스가 가지고 있던 장식용 도끼는 머리 한가운데 동그란 고리가 있었다. 끈으로 꿰어서 옮기는 용도였다.

"저 고리 열두 개를 일렬로 두면 구멍이 하나만 보이오. 그리고 이것은 오디세우스 왕께서 쓰시던 활이오. 이 활로 화살을 쏴서 저 구멍으로 통과시키는 사람을 지아비로 삼아 평생을 모시겠소."★

그러자 텔레마코스는 이때라는 듯이 맨 먼저 나섰다.

"어머니! 제가 하겠습니다!"

"하하하! 아들이 어머니와 결혼하겠다고?

여기서 잠깐!!

활을 쏘아서 중요한 일을 결정하는 것은 동서고금을 막론하고 늘 등장하는 이야기야. 중국의 《삼국지》에는 여포가 활을 쏘아 목표물을 맞혀 전쟁을 막았다는 이야기가 있어. 그리고 활의 명수 빌헬름 텔은 자기 아들의 머리 위에 올린 사과를 맞혀야 했지. 우리나라에서는 이성계가 첫 번째 화살로 왜구인 아기발도의 투구 꼭지를 맞혀서 벗기고, 두 번째 화살로 얼굴을 맞혀 죽인 걸로 아주 유명해.

미친 것 아냐? 이런 패륜이 어디 있단 말이냐?"

텔레마코스가 분연히 말했다.

"내가 성공하면 그대들 누구도 나의 어머니를 차지하거나 이 궁전을 자신의 것으로 만들 수 없소."

"어디 한번 해보십시오!"

그들은 모두 어린 텔레마코스를 비웃었다.

텔레마코스는 삽을 가져오라고 하여 땅을 팠다. 열두 개의 도끼들을 세우기 위해서였다. 도끼를 일렬로 세운 뒤 그 끝은 오디세우스가 앉아 있는 자리를 향하도록 했다. 도끼를 한 줄로 정확히 세우고 흙을 메워서 발로 밟아 고정했다. 열두 개의 도끼가 나란히 서자 터널이 뚫린 것처럼 고리가 이어졌다. 드디어 과녁이 완성되자 남은 것은 활시위를 당기는 일이었다. 대부분의 활은 쓰지 않을 때는 시위를 풀어놓는다. 높은 자리에 올라간 텔레마코스는 양 허벅지로 활의 아랫부분을 꽉 조인 뒤 윗부분을 역방향으로 당겼다. 부러질 듯한 소리를 내며 활이 구부러지긴 했지만 화살을 쏠 만큼 양 끝이 충분히 좁혀지지는 않았다.

"윽! 으윽!"

텔레마코스는 죽을힘을 다해 시위를 당겼다. 그러나 그의 근력으로는 화살을 쏠 수도 없었다. 이때 오디세우스는 멀리서 손을 들어 보였다. 그만하라는 뜻이었다. 텔레마코스는 활을 내려놓고 고개를 저으며 분한 듯 말했다.

"아! 원통하구나! 나는 아직 아버지의 힘에 미치지 못하는구나!"

"하하하하!"

구혼자 패거리들은 크게 웃었다. 자신들은 얼마든지 할 수 있다는 듯한 표정이었다.

"내가 먼저 해보겠소!"

"아니오, 내가 먼저요!"

잠시 다툼이 있었지만 공평하게 차례를 정해서 시도하기로 했다.

첫 번째 구혼자가 나서서 시위를 당겨보려 했지만 역부족이었다. 그는 얼굴만 붉어진 채 활을 내동댕이치고 물러났다.

"에잇! 나는 안 해!"

다음, 그다음도 마찬가지였다. 열두 사람이 실패한 뒤에 마침내 안티노오스★가 나섰다. 그는 지혜를 발휘했다.

"오래된 활이어서 뻑뻑하다. 기름을 먹여서 탄성을 올려야 한다. 화로에 불을 지펴라!"

화로에 장작을 더 집어넣자 불길이 치솟았다. 불 위에 올린 항아리에서 기름이 펄펄 끓었다. 활은 오랫동안 쓰지 않고 놔두면 탄력이 떨어진다. 안티노오스는 활에 불을 쬐어 살짝 달군 뒤 뜨거운 기름을 발라 부드럽게 만들어서 당겨보았지만 활은 여전히 구부러지지 않았다.

여기서
잠깐!!

구혼자 패거리 가운데 우두머리야. 가장 폭력적이고 가장 오만하며 가장 잔인한 자이지. 그래서 오디세우스의 복수가 시작되었을 때 가장 먼저 죽는 영광을 맞보게 된 거야. 술잔에 입을 대고 마시기 직전에 죽었다고 해서 여러 가지 속담이 나왔대. '술잔과 입술의 거리는 멀다', '일이 끝날 때까지 방심은 금물이다' 등의 속담으로 우리에게 교훈을 주지.

아무도 활시위를 당기지도 못하고 있을 때 오디세우스가 조용히 일어나 안뜰로 나갔다. 그러자 돼지치기 에우마이오스와 소치기가 따라나갔다. 주변에 아무도 없는 것을 확인하고 오디세우스는 나지막하게 물었다.

"저자들이 활쏘기에 빠져 있을 때 오디세우스 왕께서 돌아오신다면 그대들은 누구의 편을 들 것이오? 저 패거리들 편이오, 아니면 오디세우스 왕이요?"

"그걸 말이라고 하시오? 당연히 주인님 편이지. 저자들에게 당한 수모가 얼만데 그런 어리석은 질문을 하는 것이오?"

돼지치기와 소치기는 한목소리로 대답했다. 그러고는 에우마이오스가 덧붙였다.

"신들이 도와서 우리 왕께서 돌아오시면 좋겠소. 너무 늦지 않게 돌아오셔야 할 텐데. 만에 하나 저들 중에 한 사람이 활을 당겨 화살을 통과시키면 어찌한단 말이오!"

오디세우스는 두 사람의 마음이 변함없다는 것을 확인하고 망토를 걷어 다리의 흉터를 보여주었다.

"너희는 이 흉터를 알아보겠느냐?"

돼지치기와 소치기는 그 흉터를 보자마자 갑자기 숨을 멈추고 자기도 모르게 무릎을 꿇었다. 자신들이 그토록 오랫동안 보아왔던 주인의 흉터였기 때문이다.

"대왕님, 돌아오셨습니까? 저희가 몰라뵈었습니다!"

그들은 일말의 의심도 없이 울음을 터뜨리며 오디세우스에게 달려

들었다. 마치 수십 년을 헤어졌다 만난 부자지간 같았다.

"일단 물러서라. 지금은 기뻐할 때가 아니다. 누가 보면 의심할 것이 아니냐."

"알겠사옵니다."

그들은 애써 눈물을 감추며 태연한 척 주위를 살폈다. 다행히 오가는 사람들은 거지와 돼지치기, 그리고 소치기들뿐이었다.

"잘 들어라. 이제 나는 다시 연회장으로 들어갈 것이다."

"저희는 무엇을 하면 좋겠습니까?"

"에우마이오스, 그대는 내 곁에서 기다리고 있어라. 내 차례가 되면 활과 화살을 내 손에 들려다오."

"다른 자들이 뭐라고 하지 않겠습니까?"

"신경 쓰지 말고 나에게 활과 화살을 주기만 하면 된다. 그리고 필로이티오스, 그대는 궁전 안뜰에서 바깥으로 통하는 문을 잠가라. 그자들이 한 놈도 도망가지 못하게 해야 한다."

"알겠습니다."

필로이티오스는 신이 나서 문을 잠그러 달려갔고, 오디세우스와 에우마이오스는 다시 연회장으로 들어갔다. 구혼자 패거리들은 여전히 와자지껄 떠들며 시위에 활을 걸려고 애쓰고 있었다. 한 순배를 돌았을 때 안티노오스는 다시금 잔머리를 굴렸다.

"오늘 시합은 내일로 연기합시다. 이것은 우리의 힘으로는 안 되겠소. 아폴론 신에게 제사를 드린 다음에 하도록 합시다!"

"그것이 좋겠소!"

그들이 시합을 중단하려고 할 때였다.

오디세우스가 일어나서 말했다.

"말씀 중에 죄송합니다만, 이 노인에게도 도전할 기회를 주시오."

"하하하하! 숭어가 뛰니 망둥이도 뛴다고 노인네의 힘으로 해보겠다는 건가!"

"저 노인네가 여기서 잘 먹고 잘 마셔서 정신이 나간 게 분명해!"

"맞아! 배에 태워서 에페이로스의 에케토스 왕에게 보내버려! 에케토스 왕은 사람을 잘 먹는다고 하니까 거기 보내버리면 영영 돌아오지 못할 것 아닌가!"

오디세우스를 놀리며 웃고 떠들 때 페넬로페가 벌떡 일어났다.

"모두 조용히 하시오!"

그녀는 차갑고 냉정한 목소리로 말했다.

"나는 귀족들만 이 시합에 참여할 수 있다고 말하지 않았소. 이곳에 있는 모든 사람들이 참여할 수 있소. 물론 저 노인도 원한다면 기회를 줘야 하오."

"그러면 왕비님께서는 저 거지 영감에게 시집갈 마음이 있단 말입니까?"

"으하하하하!"

좌중이 웃음판이 되었지만 페넬로페는 진지한 얼굴로 말했다.

"저 노인이 나에게 장가들려고 그러는 것은 아닐 것이오. 남자들끼리 힘을 겨루고 있으니 자신의 젊은 시절을 생각하면서 한번 도전해보고 싶다는 의미겠지. 저 노인이 성공한다면 새 옷과 좋은 칼과 창을 주겠소. 그리고 저 노인이 가는 곳 어디든 편안하게 지낼 수 있도록 해줄 것이오."

텔레마코스가 어머니의 말을 받았다.

"좋습니다. 저도 저 노인이 성공한다면 아버지의 활을 드리겠습니다. 이 활은 내가 물려받을 것이니, 나에게도 권리가 있습니다."

"아들아, 그건 안 된다."

페넬로페가 말리자 텔레마코스가 말했다.

"어머니, 이제 여기는 저에게 맡기시고 침전으로 돌아가주세요. 어머니께서 하실 일은 실을 감고 베를 짜는 것입니다. 무기에 관한 일은 제가 맡겠습니다."

아들이 당당하게 말하자 페넬로페는 깜짝 놀랐다.

"감히 네가 어미인 나를 능멸하는 것이냐! 네가 이 집의 주인이라도 된다 말이냐!"

"어머니, 우선 제 말대로 따라주세요. 자세한 것은 나중에 말씀드리겠습니다."

페넬로페는 자신에게 명령하는 듯한 텔레마코스의 태도에 충격을 받고 시녀들의 부축을 받으며 침전으로 돌아갔다.

"아아, 이제는 아들까지 어미를 무시하는구나."

하지만 이 모든 것은 페넬로페와 아들 텔레마코스가 서로 짜고 벌인 일이었다.

에우마이오스는 활을 집어 오디세우스에게 가져다주려고 했다. 그러자 구혼자 패거리들이 항의를 해댔다.

"저 돼지치기가 왜 함부로 활을 갖다 주는 게냐?"

"네 이놈, 죽고 싶으냐?"

그때 텔레마코스가 소리쳤다.

"에우마이오스! 활을 갖다 드려라! 어머니께서 허락하셨고 내가 허락했다. 내가 바로 너의 주인이다!"

"알겠습니다, 왕자님!"

에우마이오스는 용기를 내서 활과 화살통을 오디세우스에게 갖다 주고 벌벌 떨며 뒤로 물러나려고 했다. 그때 오디세우스가 그의 귀에 대고 지시를 내렸다.

"자네는 왕실의 늙은 유모 에우리클레이아를 알고 있는가?"

"알고 있습니다."

"그녀에게 가서 모든 여자들은 방에 들어가 문을 잠그고 있으라고 전해라."

"그리 전하겠습니다."

"유모는 내가 누군지 알고 있다."

에우마이오스는 연회장을 빠져나가 그대로 전달했다. 그동안 필로이티오스도 성실하게 자신의 임무를 다했다. 그는 안뜰에서 밖으로 통하는 문을 모두 잠갔을 뿐만 아니라 힘으로 밀어서 열지 못하도록 배에서 쓰는 질긴 밧줄로 단단히 동여맸다. 그런 다음 연회장으로 돌아와 에우마이오스의 옆에 자리를 잡았다. 그때까지도 구혼자 패거리들은 오디세우스에게 욕을 퍼붓고 있었다.

"저 늙은이가 죽고 싶은 게야? 활을 만져보지도 못했을 텐데!"

"그 화살에 맞아 죽고 싶은 모양이군!"

오디세우스는 들은 척도 하지 않고 활을 살펴보았다. 그리스의 활들은 산양의 뿔로 만들었다. 잘 보관된 활은 벌레가 먹거나 상한 흔적이 하나도 없었다.

'이 정도면 됐다.'

오디세우스는 활의 한쪽 끝을 발치에 대고 구부린 뒤 윗부분을 잡아당겼다. 그 동작은 너무나도 아름답고 수백수천 번 해본 것처럼 자연스러웠다. 활은 부드럽게 구부러졌다. 구혼자 패거리들은 눈으로 보고도 믿을 수 없었다.

"아니, 이게 어떻게 된 일이야?"

"저게 아까 내가 당겼던 그 활이 맞는 거야?"

"믿을 수가 없군!"

오디세우스는 활시위를 가볍게 튕겨보았다. 팅! 아주 경쾌한 소리가 났다. 그는 화살통에서 화살을 꺼내 시위에 걸고 앉은 채로 서서히 활을 들어 올렸다. 연회장은 고요가 감돌았다. 상상할 수 없는 일이 벌어질 것 같은 예감에 구혼자 패거리들도 모두 숨을 죽이고 있었다. 오디세우스는 있는 힘껏 시위를 당겼다가 놓았다. 화살은 바람보다 빨리 열두 자루의 고리를 빠져나가 벽에 가서 꽂혔다. 부르르 떨리는 소리가나자 오디세우스가 외쳤다.

"텔레마코스 왕자님이시여! 이만하면 이 늙은이가 당신 아버지의 명예를 더럽히지는 않았겠지요?"

"맞다! 대단한 솜씨다! 하지만 연회를 계속하려면 몇 명은 더 사냥해야 하지 않겠는가? 그 활이 울고 있다."

"맞는 말이오!"

오디세우스는 천둥 같은 소리를 지르고 벼락같이 벌떡 일어났다. 마치 전투를 앞둔 병사처럼 그의 어깨는 벌어졌고 근육은 온통 팽팽하게 당겨졌다. 텔레마코스가 연회장을 가로질러 오디세우스에게 다가왔다. 텔레마코스의 손에는 사냥창이 여러 자루 들려 있었다.

15

살육의 현장

오디세우스는 드디어 정체를 드러냈다. 그는 화살통에서 또 하나의 활을 꺼내 시위에 걸고 외쳤다.

"이번에는 다른 과녁을 쏘겠다."

눈 깜짝할 사이에 시위를 떠난 화살은 그대로 날아가 마침 황금 술잔을 들어 술을 마시려고 하던 안티노오스의 목을 꿰뚫고 말았다. 술잔이 땡그렁 하고 떨어지는 소리는 그들에게 죽은 사람을 애도하며 치는 조종이나 마찬가지였다.

"이게 무슨 짓이냐! 왜 사람을 죽이는 것이냐?"

사태를 파악하지 못한 구혼자 패거리들은 모두 놀라 우왕좌왕했다.

"저 거지 늙은이가 죽고 싶어서 환장을 했나!"

그들은 오디세우스에게 욕설을 퍼부었다. 그러고는 무장을 하기 위해 자신들의 시종을 불렀다.

"내 칼과 창은 어딨느냐? 내 무기를 가져와라!"

그런데 그들이 벽에 걸어놓거나 기대놓았던 무기와 창은 하나도 없었다. 그 순간 오디세우스가 또다시 활을 시위에 걸고 외쳤다.

"네놈들은 내가 트로이아에서 돌아올 줄 몰랐더냐!"

그 말 한마디면 충분했다. 구혼자 패거리들은 그제야 거지 노인이 오디세우스임을 알아챘다.

"이럴 수가! 오디세우스 왕이다!"

"왕이 돌아오다니."

"왕이 살아 있었단 말인가?"

지옥문이 열리는 순간이었다.

"네놈들은 내 집의 음식을 축내고 내 하인들을 맘껏 부리며 내 아내를 능욕했다. 너희는 신도 두려워하지 않고 오만방자함이 하늘을 찔렀다. 이제 네놈들에게 죽음을 선물하겠다."

기세에서 밀리지 않으려고 에우리마코스도 소리를 질렀다.

"이대로 죽을 수는 없다! 칼을 뽑아라! 식탁으로 막아라! 저자를 죽여야 한다!"

에우리마코스는 가장 먼저 칼을 뽑아 들고 오디세우스를 향해 달려갔다. 그러나 그것은 죽음을 재촉할 뿐이었다. 날카로운 화살이 날아와 청동 갑옷을 통과해 그의 가슴을 꿰뚫었다. 그가 고꾸라지는 것을 보자

암피노모스도 공격했다.

이때는 텔레마코스가 그를 향해 창을 던졌다. 구혼자들의 횡포에 참 았던 원한과 분노가 단번에 폭발했다. 암피노모스는 안티노오스가 텔레마코스를 제거하자고 나설 때도 신의 명령이 아닌 한 그런 짓은 저지르지 않겠다고 했던 사람이다. 구혼자 패거리들 중에서는 그나마 페넬로페의 호감을 샀다고도 한다. 그런 그가 아이러니하게도 텔레마코스의 창에 찔려 죽고 말았다.

텔레마코스는 창을 마구 날린 뒤 오디세우스에게 말했다.

"아버지, 창고에 가서 무기를 가져오겠습니다!"

"서둘러라! 화살이 떨어져가고 있다!"

텔레마코스는 있는 힘을 다해 달려가 화살과 칼, 방패와 창 등을 한 아름 안고 왔다. 오디세우스와 텔레마코스, 에우마이오스와 필로이티오스는 무장을 하고 가축을 도살하듯이 구혼자 패거리들을 죽여나갔다.

그러나 이때 무리에 섞여 있던 염소치기 멜란티오스는 몰래 궁의 비밀 통로로 나갔다. 그는 오디세우스가 구혼자 패거리들을 다 죽이고 나면 자신도 죽일 것을 알고 있었다. 어떻게든 구혼자들의 편에 서서 이겨야만 했다. 그는 연회장을 빠져나가 창고에서 갑옷과 창을 짊어지고 돌아왔다. 멜란티오스가 몇 차례 무기를 나르자 무장을 한 구혼자들이 늘어났다.

구혼자 패거리들이 차례차례 무기를 들고 공격하자 오디세우스가 명령했다.

"누가 저들에게 무기와 갑옷을 공급하는지 알아봐라!"

돼지치기 에우마이오스와 소치기 필로이티오스가 바깥으로 나가 무기 창고로 향하는 길을 살펴보았다. 마침 멜란티오스가 무기를 짊어지고 오고 있었다.

"네 이놈! 주인을 배반하고도 모자라 적들을 도와주는 것이냐!"

두 사람은 달려가서 무기를 들고 비틀거리며 걸어오는 멜란티오스를 걷어찼다. 그리고 나가떨어진 멜란티오스를 붙잡아서 몸을 꽁꽁 묶어버렸다.

"네놈의 처분은 주인님께 맡기겠다."

기둥 사이의 들보에 줄을 걸어 잡아당기자 멜란티오스는 허공에 대롱대롱 매달리고 말았다. 무기 공급을 차단하고 두 사람은 다시 연회장으로 돌아왔다.

이윽고 본격적인 전쟁이 시작되었다. 벽을 등지고 배후를 차단한 네 사람은 닥치는 대로 공격해나갔다. 아무리 패거리의 수가 많다 해도 칼과 무기를 가진 네 사람을 상대하기는 벅찼다. 양 떼 무리에 늑대 네 마리가 들어온 것과 같았다.

게다가 신의 가호까지 있었다. 아테나 여신이 이 거사를 도와주기로 한 것이었다. 오디세우스의 형으로 변신한 아테나 여신이 외쳤다.

"내 동생, 오디세우스여, 힘을 내라!"

그러더니 이윽고 제비가 되어 연회장 대들보에 앉았다. 그곳에 앉아 마법을 써서 오디세우스를 도와주었다. 안티노오스가 죽자 연회장을 가득 채우고 있는 구혼자 패거리의 지도자는 아겔라오스였다. 가장 힘이 센 그는 일사불란하게 지휘했다.

"자, 각자 싸우지 말고 동시에 창을 던져라! 하나 둘 셋!"

창이 집중사격하듯이 날아갔지만 소용없었다. 아테나 여신이 모두 빗나가게 만들어버렸다. 그렇지만 오디세우스와 세 사람이 던지는 창은 정확하게 네 명의 귀족들을 쓰러뜨렸다.

그때 구혼자 한 사람이 던진 창에 텔레마코스가 살짝 부상을 입었다. 시간이 흐르자 체력이 떨어지면서 응징자들에게도 허점이 보였다. 에우마이오스도 어깨에 부상을 입고 말았다. 아무렇게나 휘둘러도 한 사람씩 죽었고, 아무렇게나 던져도 하나씩 쓰러지긴 했지만 구혼자 패거리의 수가 너무 많았다. 더구나 창도 다 떨어졌다.

"안 되겠다! 이제는 칼로 싸워라!"

오디세우스와 일행들은 칼을 들고 육탄전을 벌였다. 무리 속으로 들어가 닥치는 대로 칼을 휘둘렀다. 아테나 여신은 더 도와주어야겠다는 생각이 들었다. 아이기스 방패를 든 위풍당당한 모습으로 나타난 것이다. 아이기스 방패는 보기만 해도 공포심에 벌벌 떠는 위력을 가졌다. 네 사람이 피투성이가 된 채 다가오자 구혼자 패거리들은 모두 두려움에 떨었다.

"도망치자! 살려줘!"

오디세우스는 이리저리 도망치다 구석에 몰린 그들을 닥치는 대로 마구 찔렀다. 이 무리 안에는 왕실의 심부름꾼 메돈도 있었다. 그는 구혼자들의 편을 들지 않고 구혼자들이 텔레마코스를 제거하려 한다는 것을 페넬로페에게 알려주었던 사람이다. 싸움이 계속될 동안에도 그는 소가죽을 뒤집어쓰고 있었다. 하지만 그는 텔레마코스에게 나아가

엎드려 용서를 빌었다.

"왕자님! 살려주십시오! 살려주십시오!"

텔레마코스는 오디세우스에게 부탁해 그를 살려주었다.

연회장에서 매번 아름다운 노래를 부르며 구혼자들의 비위를 맞췄던 음유시인 페미오스 역시 수금을 들고 오디세우스 앞에 무릎을 꿇고 빌었다.

"대왕님! 용서해주십시오! 저의 잘못은 오직 노래를 부른 것뿐입니다. 살려만 주신다면 죽는 날까지 대왕님을 위해서만 노래하겠습니다!"

시를 짓고 노래하는 자들의 나약한 모습 그 자체였다.

"너희는 살려주겠다. 빨리 안뜰로 가서 신전 앞에 엎드려 있어라!"

"감사합니다! 감사합니다!"

죽여봐야 소용없는 자들은 내보낸 뒤 오디세우스는 다시 싸움을 시작했다. 하지만 이미 전세는 기울어 있었다. 나머지 용사들이 모두 죽였기 때문이다. 구혼자 패거리들의 시체가 산더미처럼 쌓였다. 마치 도살장에서 가축들을 죽여 내던져놓은 것과 같았다.

"아버지, 다 끝났습니다!"

텔레마코스가 외쳤다.

"가서 유모를 불러오너라!"

늙은 유모 에우리클레이아가 달려왔다. 연회장은 피비린내가 진동했다. 도살자 오디세우스는 피투성이였고, 모든 구혼자 패거리들은 이미 이 세상 사람이 아니었다.

"어머나!"

에우리클레이아는 깜짝 놀라 비명을 질렀지만 이내 기쁜 표정을 지었다.

"오, 세상에! 드디어 이 궁이 본래 주인을 찾았습니다."

유모는 시체들을 앞에 두고 기뻐서 어쩔 줄 몰랐다.

"이 시체들을 모두 안뜰로 끌어내라! 그리고 유모는 하인들을 시켜 연회장을 깨끗이 치우도록 하게!"

"분부대로 하겠습니다!"

날듯이 달려간 유모는 하녀들을 모두 불러 모았다. 하녀들은 금세 사태를 파악하고 서둘러 명령에 따랐다. 그들은 연회장 바닥을 물로 깨끗이 닦아냈다. 식탁과 의자에 흥건한 피와 토사물도 씻어냈다. 그들이 일사불란하게 움직이자 연회장은 금세 깨끗이 치워졌다.

오디세우스는 불에 유황을 넣어 연기로 연회장 안을 깔끔히 소독했다. 어느 정도 정리가 끝나자, 잠가두었던 안뜰 문도 열었다. 어느새 하루가 지나 주위가 어둑어둑해졌다. 페넬로페의 시녀들도 횃불을 들고 연회장으로 내려왔다. 그들은 오디세우스를 보자 모두 무릎을 꿇고 함성을 질렀다.

"대왕이시여! 돌아오셨군요!"

이제는 나이 든 시녀들은 진정으로 기쁨의 눈물을 흘렸다. 오디세우스가 트로이아로 떠날 때부터 페넬로페 옆을 지키던 시녀들이었다.

"그대들이 고생이 많았다. 이제 다 끝났다. 왕비는 왜 안 보이느냐?"

"지금 주무시고 계십니다!"

아테나 여신은 페넬로페가 끔찍한 장면을 보지 못하도록 깊은 잠에 빠뜨려놓았다. 유모 에우리클레이아는 안달이 났다.

"왕비님을 깨워서 이 기쁜 소식을 알려야 합니다."

오디세우스는 한시라도 빨리 왕의 모습으로 떳떳하게 페넬로페를 만나고 싶었다.

"어서 가서 왕비를 깨워 데려오도록 하라!"

에우리클레이아는 가랑이에서 비파 소리가 나도록 뛰어가서 가쁜 숨을 내쉬며 잠자는 페넬로페를 흔들어 깨웠다.

"왕비님, 일어나십시오! 일어나십시오! 호호호!"

"무슨 일이 있는 게냐?"

페넬로페는 비로소 깊은 잠에서 깨어났다.

"어서 내려가세요! 연회장으로 가셔서 무슨 일이 일어났는지 좀 보세요! 구혼자들이 어떻게 되었는지 보시라구요."

"구혼자들이 또 술을 먹고 난동이라도 부렸느냐?"

"오디세우스 왕께서 돌아오셔서 늑대 같은 구혼자 놈들을 모두 다 처단했습니다!"

페넬로페는 느긋하게 일어나며 한마디 했다.

"유모가 나이를 먹더니 머리가 어떻게 된 모양이로군. 쓸데없이 내 잠이나 깨우고."

"지금 주무실 때가 아닙니다! 빨리 가보셔야 합니다!"

"왕께서 떠난 뒤로 이렇게 깊은 잠을 자보지 못했다. 그런데 유모 때문에 달콤한 잠이 깨버렸구나."

"왕비님, 이러고 계실 때가 아닙니다. 지어낸 얘기가 아니라 사실입니다! 오디세우스 왕께서 돌아오셨습니다! 지금 연회장에 계신다고요! 어서 왕비님을 모셔 오라고 하셨습니다."

"도대체 누가 우리 왕이라는 것이냐?"

"구혼자들이 그렇게 구박하고 못살게 굴었던 늙은 거지 아시지요?"

"그래, 어제 내가 만나지 않았더냐?"

"그분이 바로 대왕님이십니다."

"뭣이?"

"게다가 텔레마코스 왕자님은 벌써부터 알고 계셨다고 합니다. 이렇게 기쁜 일이 어디 있습니까? 이건 정말 신들의 가호가 있기에 가능한 일입니다!"

페넬로페는 그제야 벌떡 일어나 유모를 끌어안고 입을 맞췄다. 하지만 꿈인지 생시인지 여전히 어안이 벙벙했다.

"정말 믿을 수가 없구나. 오디세우스 왕께서 어떻게 돌아오셨단 말이냐? 어느 신이 도와주셨을까? 혹시 사기꾼 아니더냐?"

"아닙니다. 저는 이미 그분의 다리에 나 있는 흉터를 확인했습니다. 발을 씻겨줄 때 보고 알아챘지만 대왕님의 명령에 따라 지금까지 입을 다물고 있었습니다. 그런 흉터까지 똑같이 만드는 사기꾼은 이 세상에 없지 않겠습니까?"

"알았다. 내가 내려가서 직접 보는 수밖에 없다. 내 아들을 만나보고, 구혼자들이 다 죽었다는 것도 내 눈으로 확인해야겠다. 직접 봐야 믿을 수 있지."

페넬로페는 에우리클레이아와 함께 계단을 내려와 연회장으로 달려갔다. 오디세우스는 하루 종일 이어진 살육에 지쳐 누더기 차림 그대로 화로 옆의 기둥에 몸을 기대고 있었다.

이윽고 페넬로페가 가까이 다가왔다. 그리고 벽난로에 비친 그의 얼굴을 살펴보았다. 그녀는 눈을 마주치자 믿을 수가 없었다. 그곳에는 그토록 그리워하던 남편 오디세우스가 서 있었다. 너무 감격해서 말 한마디조차 나오지 않았다. 긴 침묵은 그 어떤 대화보다 더 강하게 두 사람을 이어주었다. 오디세우스는 이해했다. 너무나 큰 충격에 페넬로페가 말을 잃었던 것이다.

"음유시인★을 불러라!"

벌벌 떨며 음유시인이 나타났다.

"춤곡을 신나게 연주해보아라!"

음유시인은 곧 신나게 노래를 불렀다. 그에게는 목숨이 걸린 일이나 마찬가지였다.

오디세우스의 힘, 구혼자 패거리들을 물리치네.
그의 활, 별처럼 빛나노니
구혼자 패거리들의 목숨, 지는 꽃 같도다.
그의 분노는 천둥처럼 울려 퍼져
오디세우스의 승리, 영원히 찬양하라.
그의 용기, 우리의 마음속에 불을 지피누나.

음유시인은 오디세우스가 구혼자 패거리들을 처단한 이야기를 축시

로 지어서 흥겨운 가락으로 수금을 타며 노래
했다. 밖에서 들으면 연회장 안에서 마치 결혼
식이라도 열리는 것처럼 보일 터였다.

오디세우스는 구혼자 패거리들은 다 죽었
지만 그들의 시종들과 무리들이 아직 궁 밖에
있다는 것을 알고 있었다. 자신들의 주인이 나
오지 않으면 그들이 무장하고 쳐들어올지도
모르니 마치 축하 연회가 벌어진 것처럼 위장
한 것이었다. 시간을 벌어두었다가 다음 날 나
머지 잔당들을 처리할 생각이었다.

"모두 춤을 추어라!"

악사들이 들어와 연주하자, 하인들이 기쁨
의 춤을 추었다. 서로 손을 잡고 빙글빙글 돌
아가며 모두 웃음을 터뜨렸다. 시종장인 에우
리노메는 오디세우스의 몸을 씻기고 기름을
발라주었다. 새 옷을 입자 늙은 거지는 사라지
고 멋지고 웅장한 왕의 모습이 드러났다.

오디세우스는 벽난로 건너편에 앉아 있는
페넬로페를 바라보았다. 하지만 여전히 페넬
로페는 실어증에 걸린 사람처럼 말을 하지 못
하고 눈물만 흘렸다. 동상처럼 굳어 있는 그녀
에게 다가가 오디세우스가 말했다.

여기서 잠깐!!

고대 그리스에서 음유시인은 환영받
는 존재였어. 어디든 불려갔고 심지
어 전쟁이 벌어지는 곳에도 따라갔
지. 요즘은 기념으로 사진을 찍지만
과거에는 이들이 보고 들은 걸로 즉
석에서 시를 만들고 노래를 불렀어.
한마디로 종군기자와 역사가 노릇을
다 한 거야. 그리스인들은 음유시인
의 영웅담을 듣는 것을 좋아했어.

"그대는 정말 잔인한 여자구려. 긴 세월을 죽을 고생을 하고 돌아왔는데 아직도 나를 못 믿는단 말이오? 마음의 문을 열지 못하겠소?"

큰 충격에 페넬로페가 어쩔 줄 몰라하자 오디세우스는 에우리클레이아에게 말했다.

"유모, 큰일을 치르고 났더니 피곤하구려. 잠자리 좀 만들어주게. 오늘은 나 혼자 자야겠구려."

페넬로페는 여전히 의심했다. 오랜 세월 동안 온갖 사기꾼들을 만났기에 믿을 수가 없었던 것이다. 마지막으로 한 번 더 시험해보고 싶었다. 그래서 남편이 아니면 알 수 없는 일을 가지고 슬며시 떠보기로 했다. 페넬로페는 간신히 입을 열고 유모에게 지시했다.

"일단 시키는 대로 하게. 침대를 옮겨서 잠자리를 마련하되, 내 방에는 잠자리를 마련하지 말도록 해."

오디세우스는 페넬로페가 무슨 생각으로 그러는지 알아채고 거짓으로 화난 척했다.

"무슨 말을 하는 거요? 누가 우리 침대를 방에서 끌어낸단 말이오? 살아 있는 올리브 나무로 내가 직접 만든 침대 아닌가? 그 올리브 나무를 자르지 않고 어떻게 침대를 옮길 수 있다는 것인가?"

올리브 나무를 통째로 기둥 네 개를 만들었기에 기둥 위로는 올리브 열매가 맺혀 있는 독특한 침대였다. 그 말 한마디에 페넬로페는 모든 의심이 사라졌다. 그녀는 벌떡 일어나 오디세우스에게 달려갔다. 그러고는 와락 끌어안고 외쳤다.

"여보! 저에게 화내지 마세요. 제가 얼마나 무서웠는지 아세요? 당신을 닮은 자들이 수없이 찾아와 나를 속였답니다. 혹시나 해서 의심했던 것이니 노여움을 거두세요!"

"알고 있소. 그대가 얼마나 힘들었을지 왜 모르겠소?"

오디세우스는 페넬로페를 끌어안은 채 왕좌에 앉혔다. 그리고 마음을 진정시킨 뒤 그동안 있었던 이야기를 들려주었다.

"나는 그대가 있는 이곳으로 돌아오기 위해 온갖 고초와 고통을 겪었소. 단 한 번도 그대 옆으로 돌아오고 싶지 않다고 생각한 적이 없소."

하지만 오디세우스는 다시 떠나야 한다는 것을 알고 있었다. 페넬로페가 또다시 슬픔을 겪겠지만 말하지 않을 수 없었다.

"나는 타르타로스까지 다녀왔소. 타르타로스에서 많은 예언을 듣고 왔지."

"무엇이라고 하던가요?"

"눈 먼 예언자 테이레시아스가 나에게 말했소. 고향땅에 돌아가더라도 정착하기 전에 또다시 여행을 떠나야 한다고 말이오."★

"또 배를 타고 나가신다는 말씀입니까?"

여기서 잠깐!!

일설에 의하면 오디세우스는 이타카의 해변에서 양을 치며 살고 있었는데, 하루는 젊은 청년과 시비가 붙어 결투를 벌이다 죽었다고 해. 그런데 그 청년이 바로 그의 아들이었어. 키르케와 살 때 가진 텔레고노스인데 자신의 아버지를 찾아 이타카로 왔다가 아버지를 죽인 거야. 오이디푸스와 비슷하게 친부 살해로 불행한 결말을 맞이한다는 이야기지.

"아니오. 이번에는 육지로 방랑해야 하오."

"무엇 때문인지요?"

"포세이돈 신의 노여움을 풀기 위해서는 또 다른 고난을 겪어야 한다는 것이오. 이 나라 저 나라를 방랑하며 깊은 내륙까지 들어가서 바다와 배를 본 적도 없는 무지한 사람들을 만나야 한다는군. 그 사람들을 만나 땅을 파고 노를 나무처럼 심은 뒤에 포세이돈 신에게 숫양 한 마리와 황소 한 마리, 멧돼지 한 마리를 제물로 바쳐야 하오."

"그리하면 포세이돈 신이 노여움을 푸시나요?"

"그렇소. 그래야 비로소 내가 자유로워질 수 있소."

"당신이 고향으로 무사히 돌아오기만 한다면 제가 슬퍼할 일이 있겠습니까?"

두 사람이 회포를 푸는 동안 네 개의 기둥이 살아 있는 올리브 나무 침대에 새 침대보가 깔렸다. 두 사람을 기다리고 있는 것이다. 두 사람은 진짜 결혼식 잔치라도 열린 것처럼 신나게 춤추고 있는 사람들을 뒤로하고 침전으로 들어갔다. 에우리노메가 횃불을 들고 두 사람의 앞길을 밝혀주었다.

16

이타카의 평화

새날이 밝았다. 오디세우스는 일찍 잠에서 깼다. 그에게는 해야 할 일이 아직 많이 남아 있었다. 그는 행복한 얼굴로 잠이 깬 페넬로페에게 말했다.

"궁전에 있는 모든 여자들을 불러서 여기에 함께 모여 있으시오. 내가 돌아올 때까지 어떤 사람도 이 방에 들여서는 안 되오. 조용히 기다리기만 하시오."

"알겠습니다."

페넬로페도 오디세우스가 어떤 일을 할지 알고 있었다. 오디세우스는 궁 안에 있는 모든 병사들을 모아 경비를 서도록 했다.

"아직 잔당들이 남아 있다. 궁전을 철저하게 경비하라! 텔레마코스와 에우마이오스, 필로이티오스도 단단히 중무장을 하라! 그대들은 이 성을 책임지고 지켜야 한다."

그는 먼저 자신을 기다리고 있을 아버지를 찾아가기로 했다. 텔레마코스와 함께 돼지치기와 소치기를 데리고 산속에 있는 왕실의 농장으로 발걸음을 옮겼다. 늙은 아버지 라에르테스가 살고 있는 곳이었다. 농장 앞에서 오디세우스는 텔레마코스와 부하들을 집으로 먼저 보내 음식을 마련하도록 지시했다.

"아버지와 아침 식사를 해야 하니 먼저 가서 준비해라."

"알겠습니다."

그는 혼자 과수원 길을 내려갔다. 한참을 내려가자 포도밭에서 괭이로 포도나무의 흙을 돋우고 있는 노인이 보였다. 비바람이 부는 포도밭에서 자란 포도들이라 열매가 작고, 바람을 견디기 위해 덩굴들이 뭉쳐 있었다. 노인은 일에 몰두하여 주변에 누가 오는지도 알아채지 못했다. 오디세우스가 가까이 다가갔을 때야 비로소 고개를 들었다.

"그대는 누구인가?"

오디세우스는 아버지를 일단 재미 삼아 속여보기로 했다.

"어르신! 아주 열심히 일하십니다!"

"늙은이가 할 일이 이런 것밖에 없다네!"

"어르신께서는 모르는 나무가 없으시겠습니다! 이렇게 손질이 잘된 포도 덩굴을 본 적이 없군요."

"고맙네."

"어르신은 누구의 노예이십니까? 포도밭 주인이 누구이길래 이렇게 열심히 일하십니까?"

라에르테스는 의구심이 들었다. 아무것도 없는 이 포도밭에 중무장을 하고 나타난 사내가 누구인지 의심의 눈초리로 바라보며 말했다.

"여보시오! 나는 누구의 노예가 아닐세! 이 포도밭의 주인이야. 이타카와 이 주변 섬을 다스렸던 왕이었다네!"

"무슨 말씀이십니까? 노인이 왕이셨다고요?"

"그렇다네! 내가 라에르테스지!"

"라에르테스라면…… 그 오디세우스의……."

"맞네. 아직도 소식이 없는 오디세우스의 아버지라네. 자네의 궁금증이 풀렸다면 나도 물어보겠네. 그대는 누구이며 어디에서 왔는가?"

오디세우스는 여전히 아버지와 장난을 치고 싶었다.

"저는 시켈리아에서 온 사람입니다. 오디세우스 왕과 함께 트로이아 전쟁에 참전했는데, 귀국하는 아드님을 만난 적이 있습니다."

"그게 정말인가?"

"맞습니다. 우리 집에 손님으로 묵을 뻔했습니다."

라에르테스는 괭이를 집어 던지고 가까이 다가왔다.

"내 아들 얘기 좀 해주게."

"하지만 5년 전 일입니다. 이미 그가 고향에 돌아와 있을 줄 알고 찾아왔습니다."

그 말에 라에르테스는 주저앉아 눈물을 흘리기 시작했다.

"5년 전에 시켈리아에 있었다면 벌써 돌아왔어야 하는데 아직도 오지 않은 걸 보니 내 아들은 죽은 게 분명하다."

통곡하는 아버지를 보자 오디세우스는 가슴이 미어졌다. 더 이상 장난을 쳐서는 안 될 것 같았다.

"아버지, 접니다!"

"저라니? 자네가 왜 나한테 아버지라고 하는 것인가?"

"아버지, 20년 만에 나타난 아들을 못 알아보시는 것입니까?"

라에르테스는 그의 얼굴을 부여잡고 희미한 눈으로 바라보았다. 하지만 믿을 수가 없었다. 20년 만에 살아 돌아온다는 것은 불가능한 일이라고 생각했다.

"그대가 진정 나의 아들이라면 증거를 대보게. 나는 도무지 믿을 수 없다네."

"이거면 되겠습니까?"

오디세우스는 왼쪽 다리의 옷자락을 걷어 올린 뒤 멧돼지에게 물린 흉터를 보여주었다.

"아니, 이것은……."

"하나 더 있습니다. 아버지께서 저에게 주신 나무가 어떤 것인지 알수 있습니다. 그때는 나무도 어렸지만 저는 이곳에 와서 개들과 함께 놀곤 했지요. 저기 있는 대나무 열세 그루도 제 것입니다. 그리고 사과나무 열 그루도 제 것이지요. 여기 있는 무화과나무 마흔 그루도 제 것입니다. 그리고 제가 늙어서 농사를 짓게 되면 이 포도밭도 저에게 주시기로 하셨습니다."

그 말을 들은 라에르테스는 온몸이 떨리고 가슴이 벅차올랐다. 꿈에도 그리던 아들이 정말 돌아온 것이다. 비틀거리며 쓰러지려는 그를 오디세우스가 부축했다. 잠시 충격에 빠진 라에르테스는 침착을 되찾고 말했다.

"아들아, 어찌하여 무방비로 돌아왔느냐? 네가 이대로 궁에 들어가면 봉변을 당할 것이다. 못된 놈들이 궁에 가득 차 있느니라."

오디세우스는 웃으며 대답했다. 아버지는 역시 아들 걱정뿐이었다.

"아버지, 걱정하지 마십시오. 벌써 궁에 다녀왔습니다."

"뭐라고? 그러면 그 악당 놈들은 어떻게 됐느냐?"

"제가 다 처단했습니다. 모두 다 복수했습니다. 저의 재산을 축내고 저의 아내를 위협하고 아들을 조롱하던 자들은 더 이상 이 세상 사람이 아닙니다."

"그게 정말이냐? 이런 꿈같은 일이 어디 있단 말이냐?"

라에르테스는 기뻐했으나, 잠시 뒤 다시 얼굴이 어두워졌다.

"하지만 그 잔당들은 어쩔 것이냐? 그 수가 적지 않다. 가족이 죽었다는 것을 알면 부모형제와 친지들, 그리고 부하들까지 원수를 갚겠다고 몰려올 텐데."

"아버지, 걱정하지 마십시오. 제가 이미 대비책을 마련해놓았습니다. 일단 집으로 가시지요."

"집에 너를 대접할 것이 아무것도 없구나."

"텔레마코스를 먼저 보냈습니다. 음식을 장만해두었을 겁니다."

오디세우스는 아버지를 부축하고 다정하게 이야기를 나누며 집으로 올라갔다. 그사이 텔레마코스와 에우마이오스, 필로이티오스는 불을 피워 갓 구워낸 고기를 자르고 포도주를 따르고 있었다. 라에르테스는 포도밭에서 묻은 흙먼지를 털고 목욕을 한 뒤, 하인이 가져다준 새 옷을 갈아입었다. 마침내 삼대의 단란한 아침 식사가 시작되었다. 라에르테스는 밭농사를 해서인지 여전히 풍채가 좋고 근육이 많았다.

"아버지, 저도 아버지 연세에 이렇게 풍채가 좋고 건장하면 좋겠습니다."

"아들아, 오히려 나는 네 나이만큼 젊어서 어제 원수들을 쳐죽일 때 같이 있었더라면 하는 아쉬움이 남는구나."

식사를 막 시작하려는데 라에르테스를 돌보던 시종 돌리오스와 아들들이 돌아왔다. 그들은 갑자기 벌어진 낯선 풍경에 깜짝 놀랐다. 그 앞에는 꿈에도 그리던 오디세우스가 반갑게 웃고 있었다.

"대왕이시여! 드디어 돌아오셨군요."

모두 반갑게 끌어안았다. 돌리오스와 오디세우스는 스스럼없이 반가움과 기쁨을 표했다. 아들들도 다가와 그의 손을 잡았다. 작고 초라하던 오두막에서는 화기애애한 아침 식사 자리가 벌어지고 있었다.

한편 오디세우스가 돌아왔고, 모든 구혼자 패거리들을 죽였으며, 궁을 다시 장악했다는 소문이 이타카섬 전역에 퍼졌다.

"이럴 수가, 우리 아들이 죽었단 말이냐?"

"우리 형님이 죽었소. 가만있을 수 없소."

죽은 구혼자 패거리들의 가족과 친지들이 궁전 앞으로 모여들기 시작했다. 그들은 시체 무더기에서 가족을 찾아내 장례식을 치렀다.

"으흐흑! 이렇게 허무하게 죽다니!"

"아이고, 내 진작에 고향으로 돌아가자고 하지 않았느냐!"

다른 섬에서 온 가족들은 통곡하며 시체를 실어 고향 섬으로 보냈다. 장례식이 끝나자 그들은 마을의 넓은 광장에 모였다. 가장 먼저 흥분하고 일어선 것은 맨 먼저 죽은 안티노오스의 아버지 에우페이테스였다. 그는 핏발 선 눈으로 목이 터져라 외쳤다.

"오디세우스는 우리의 적이오. 무수한 청년들을 전쟁에 끌고 가서 다 죽이고 혼자 돌아왔소. 왕으로서 자격이 없소. 그를 응징해야 하오."

"옳소! 옳소!"

모여 있던 사람들이 호응해주었다.

"그자가 가져온 것이 무엇이오? 승리의 영광이오? 전리품이오? 새로운 영토요? 아니오. 그자가 가져온 것은 슬픔뿐이오. 우리는 명예도 잃고 가족도 잃고 슬픔만 떠안게 되었소!"

아주 틀린 말도 아니었다.

"옳소!"

"우리는 그자를 쫓아가 우리의 형제와 자식들의 원수를 갚아야 하오. 그를 보복하지 않는다면 우리는 두고두고 놀림감이 될 것이오."

그러자 또 다른 노인 하나가 일어났다.

"아니오. 여러분, 흥분을 가라앉히시오. 오디세우스 왕의 손에 죽은 자들은 죽을 만한 짓을 한 것이오. 왕이 죽었는지 살았는지도 모르는데 왕비에게 청혼한다는 것은 도덕적으로나 윤리적으로나 엄청난 죄악이오. 오히려 우리는 오디세우스에게 사죄해야 하오."

하지만 그들은 이미 가족을 잃은 슬픔에 이성을 잃은 상태였다. 무기를 들고 에우페이테스의 뒤를 따라 움직이기 시작했다. 그때 첩자가 와서 알렸다.

"오디세우스 왕이 왕실 농장으로 올라갔답니다!"

"오냐! 가서 오디세우스를 죽이자! 왕실 농장이라면 성벽도 없고 방비도 허술할 것이야! 오히려 잘됐다."

이런 일이 벌어지는 줄도 모르고 오디세우스는 왕실 농장에서 식사를 하며 즐거운 시간을 보냈다. 이때 망을 보고 있던 돌리오스의 아들 중 하나가 달려와 보고했다.

"산기슭에 창날이 햇빛을 받아 번쩍이는 것이 보였습니다!"

"그래? 생각보다 일이 빨리 진행되는구나."

오디세우스는 밖으로 나가 아래를 내려다보았다. 그는 재빨리 자신들의 인원을 확인해보았다. 오디세우스와 텔레마코스, 에우마이오스, 필로이티오스, 늙은 돌리오스와 라에르테스, 돌리오스의 여섯 아들들을 모두 합쳐 열두 명뿐이었다. 그들은 준비한 무기로 무장을 했다. 라에르테스는 죽기 전에 다시 한번 적들과 싸운다는 생각에 심장이 뛰었다.

"아들아, 이제 멋지게 죽을 수 있겠구나!"

"아버지, 이 좁은 곳에서 싸우는 것은 불리합니다. 넓은 곳으로 나가야 합니다."

오디세우스 일행은 농장을 열어놓고 산길을 따라 내려갔다. 그때 아테나 여신이 다시 한번 나타나 라에르테스에게 용기를 북돋워주었다.

"내 친구 라에르테스여! 제우스 신께 기도를 올려라! 모든 신들이 그대를 도와줄 테니 힘껏 창을 던져라!"

그 이야기를 들은 라에르테스는 온몸의 근육에 힘이 솟고 기운이 넘치는 것을 느꼈다.

"제우스 신이시여! 이 늙은이에게 영광을 주시옵소서! 아테나 여신이시여! 이 근육에 힘을 주시어 적들을 물리치게 하시옵소서!"

기도가 끝났을 무렵 마침내 적의 선두가 창을 던지면 도달할 수 있는 사정거리에 모습을 드러냈다. 그들은 한껏 흥분해서 몰려오는 중이었다. 라에르테스는 허리를 한껏 젖혀서 맨 앞에 오는 에우페이테스를 향해 힘껏 창을 날렸다. 노인이 던진 창이라고는 믿을 수 없을 만큼 빠른 속도로 날아간 창은 그대로 에우페이테스의 가슴을 꿰뚫었다. 그는 그 자리에서 숨을 거뒀다. 싸움을 해보기도 전에 선두가 쓰러져 죽자 뒤따라오던 자들은 흠칫했다.

"이럴 수가!"

"이 창을 노인네가 던지다니."

퇴물이라고 생각했던 라에르테스 상왕이 실전에 나섰다는 사실만으로도 두려움의 대상이었다.* 그때 오디세우스와 텔레마코스가 앞으로 나섰다. 죽음을 각오하고 싸울 태세를

여기서 잠깐!!

인간이 다른 동물을 압도할 수 있는 능력 가운데 하나가 던지기야. 돌이나 창을 멀리 던지는 능력이 인간을 강하게 만들었어. 야구에서 최고 구속은 시속 169킬로미터 정도 돼. 고대에는 아틀라틀이라는 투창기에 창을 걸고 던지면 300미터까지 날아가는데, 그 속도가 시속 150킬로미터 이상이라고 해. 이 투창기의 역사가 2만 년이나 된다고 하는데, 대개 이때는 필수품처럼 썼을 거야. 그냥 던져도 실전에서는 100미터 이상 가볍게 날아갔겠지. 그러니 늙은 오디세우스의 아버지도 이런 일을 해낸 거야.

취하고 있을 때였다. 아테나 여신이 무리 속에서 소리를 질렀다.

"이타카의 사람들이여! 어리석게 피를 흘리지 말고 각자의 자리로 돌아가라! 이것은 신의 뜻이다!"

신의 목소리가 울려 퍼지자, 복수하겠다고 나섰던 무리들은 당황하기 시작했다. 신의 뜻을 거부하고 싸운다면 불행을 겪게 된다는 것을 알기 때문이다.

"여기서 멈추자. 신들이 싸움을 반대한다!"

"적보다 신의 손에 먼저 죽겠다."

그들은 무기와 갑옷을 벗어던지고 달아났다. 아테나 여신이 쫓아올까 봐 머리끝이 쭈뼛 서는 듯했다. 집단의 공포가 휩쓸자 그들은 산지사방으로 흩어져 소리를 지르며 도망쳤다.

오디세우스는 그들을 따라가서 닥치는 대로 죽이고 싶었다. 먹이를 본 맹수처럼 뛰어 내려가려는 순간, 제우스 신이 번개 하나를 그의 발치에 내리꽂았다.

꽈과광!

번개가 떨어지자 오디세우스는 발걸음을 멈췄다. 아테나 여신이 그에게 말했다.

"신들의 아버지 제우스 신께서 지금까지 그대를 도왔다. 그분을 더이상 화나게 하지 마라."

오디세우스는 퍼뜩 정신을 차렸다.

"알겠습니다, 여신이시여. 그 말씀 명심하겠습니다."

오디세우스의 일행은 모두 여신의 뜻에 복종했다. 칼을 칼집에 넣고

창을 세워놓은 뒤 도망치는 자들이 피워 올리는 먼지를 바라보았다.

"모두 화해하고 신들의 도움으로 무사히 돌아온 것을 기뻐하며 잔치를 벌이도록 하라!"

이제 오디세우스가 할 일은 평화를 맞이하는 것뿐이었다.

분열되어 있던 이타카 사람들은 드디어 화해했다. 이타카와 주변의 섬들에는 평화가 찾아왔다. 오디세우스의 기나긴 여정도 끝을 맺었다.

물론 오디세우스는 그 뒤 예언대로 내륙으로 가서 남겨진 과업을 완수하고 신의 저주를 풀어야만 했다.

주석으로 쉽게 읽는

고정욱 그리스 로마 신화 **9**

초판 1쇄 인쇄 2024년 12월 27일
초판 1쇄 발행 2025년 1월 17일

지은이 고정욱
펴낸이 이범상
펴낸곳 (주)비전비엔피 · 애플북스

기획 편집 차재호 김승희 김혜경 한윤지 박성아 신은정
디자인 김혜림 이민선
마케팅 이성호 이병준 문세희 이유빈
전자책 김희정 안상희 김낙기
관리 이다정

주소 우) 04034 서울특별시 마포구 잔다리로7길 12 (서교동)
전화 02) 338-2411 | **팩스** 02) 338-2413
홈페이지 www.visionbp.co.kr
인스타그램 www.instagram.com/visionbnp
포스트 post.naver.com/visioncorea
이메일 visioncorea@naver.com
원고투고 editor@visionbp.co.kr

등록번호 제313-2007-000012호

ISBN 979-11-92641-61-4 04840
         979-11-92641-52-2 04840 [SET]

신화초판
24. 12. 10

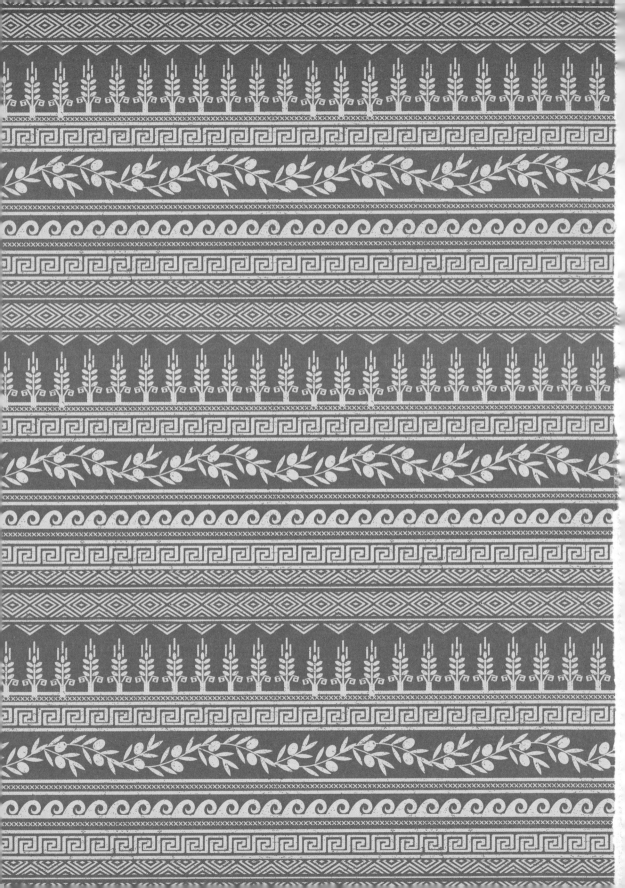